UM TOQUE DE MESTRE

TELMA GUIMARÃES

UM TOQUE DE MESTRE

ilustrações de JOZZ

Direção geral: VICENTE TORTAMANO AVANSO
Direção adjunta: MARIA LUCIA KERR CAVALCANTE DE QUEIROZ

Direção editorial: CIBELE MENDES CURTO SANTOS
Gerência editorial: FELIPE RAMOS POLETTI
Supervisão de arte e editoração: ADELAIDE CAROLINA CERUTTI
Supervisão de controle de processos editoriais: MARTA DIAS PORTERO
Supervisão de direitos autorais: MARILISA BERTOLONE MENDES
Supervisão de revisão: DORA HELENA FERES

Coordenação editorial: GILSANDRO VIEIRA SALES
Assistência editorial: PAULO FUZINELLI
Auxílio editorial: ALINE SÁ MARTINS
Coordenação de arte: MARIA APARECIDA ALVES
Design gráfico: CAROL OHASHI/OBÁ EDITORIAL
Coordenação de revisão: OTACILIO PALARETI
Revisão: GISÉLIA COSTA
Coordenação de editoração eletrônica: ABDONILDO JOSÉ DE LIMA SANTOS
Editoração eletrônica: SÉRGIO ROCHA
Coordenação de produção CPE: LEILA P. JUNGSTEDT
Controle de processos editoriais: BRUNA ALVES

Dados Internacionais de Catalogação na Publicação (CIP)
(Câmara Brasileira do Livro, SP, Brasil)

Guimarães, Telma
Um toque de mestre/Telma Guimarães; ilustrações de Jozz. – São Paulo: Editora do Brasil, 2016. – (Série toda prosa)
ISBN 978-85-10-06151-3
1. Literatura infantojuvenil I. Jozz. II. Título. III. Série.
16-03680 CDD-028.5

Índice para catálogo sistemático:
1. Literatura infantil 028.5
2. Literatura infantojuvenil 028.5

1ª edição / 1ª impressão, 2016
Impresso na Intergraf Indústria Gráfica Eireli

Rua Conselheiro Nébias, 887 – São Paulo/SP – CEP 01203-001
Fone (11) 3226-0211 – Fax (11) 3222-5583
www.editoradobrasil.com.br

ESTUDAR NÃO É FÁCIL, PORQUE ESTUDAR PRESSUPÕE CRIAR, RECRIAR, E NÃO REPETIR O QUE OS OUTROS DIZEM. ESTUDAR É UM DEVER REVOLUCIONÁRIO.

PAULO FREIRE

AOS MESTRES, COM CARINHO.

ESCOLA

DONA LÚCIA APRESSOU OS FILHOS. TINHA COLOCADO O ALMOÇO BEM MAIS CEDO NA MESA, PARA QUE NINGUÉM PERDESSE A HORA. ANDA, GENTE... VOCÊS ESTÃO ATRASADOS

DONA LÚCIA APRESSOU OS FI-lhos. Tinha colocado o almoço bem mais cedo na mesa, para que ninguém perdesse a hora.

– Anda, gente... Vocês estão atrasados de novo! – gritou, enquanto escovava os dentes.

Resolveu passar no quarto deles para ver qual a razão da demora.

Juliana sempre ficava pronta antes. Apesar de muito jovem, já tinha aquelas preocupações com os cabelos cor de cobre, repartidos de lado, com o moletom amarrado na cintura, chovesse ou fizesse sol, mochila em ordem, brilho nos lábios.

– Colocou aparelho, Ju?

– Coloquei, mãe.

Dona Lúcia sorriu, aliviada.

O problema era o Davi. Ficava mais tempo cuidando dos cabelos do que a irmã. Cabelos lisos, loiro, olhos esverdeados e muito alto para os 13 anos. Tinha saído ao avô paterno.

– Pronto, Davi?

Nada. A porta do quarto fechada a chave. Já tinha pedido para o filho não trancar, mas fazer o que com esses meninos? Achavam que uma chave na porta resolvia toda a privacidade.

Perguntar do aparelho ela não ia porque ele não usava nenhum. Dentes perfeitos. Só usava uma placa à noite porque rangia muito os dentes.

Talvez estivesse lutando com as lentes de contato. Não sabia o porquê de o filho não querer usar óculos. Ficaria tão bonito! O marido usava. Para um psiquiatra até que caía bem, dava um ar "freudiano". Por que a demora, então?

Resolveu pegar a chave reserva. Último artifício que uma mãe, oficial de justiça, atrasada para chegar ao Fórum do outro lado da cidade, e mais do que atrasada para chegar ao colégio das crianças, usaria.

Pronto. Entrou no *closet*, pegou a chave reserva e abriu o quarto de Davi.

A escrivaninha repleta de livros, papéis, mapas. O rapaz – sim, porque, com aquele tamanho, já era um homem praticamente feito – ainda sem o uniforme.

– O QUE ESTÁ ACONTECENDO AQUI? – perguntou. – Você ainda não está pronto, Davi?

– Mãe, não gosto que entre no meu quarto sem bater. Chave reserva de novo? Coisa chata! Olha minha privacidade, caramba! – o filho reclamou.

– Desculpe, mas estamos atrasados para a escola. O que houve? – ela olhou para a escrivaninha do filho, abarrotada de papéis, cadernos e livros.

– É esse implicante do professor de Geografia. Olha a pilha de lição de casa que ele deu pra fazer. E tudo no fim de semana! É o único que faz isso no fim de semana. E pra nota, ainda. Eu nem consegui responder todos os exercícios que ele passou. A gente acha que ele é um verdadeiro carrasco.

– Por que você não fez a lição ontem? – dona Lúcia estranhou.

– Ontem fiquei estudando, sábado também... Adivinhe! Pra prova de Geografia. Ele dá tudo junto: prova, lição de casa, exercício extra para fim de semana, leitura complementar, filme pra assistir e analisar. Mãe, esse cara é um tormento! – Davi reclamava enquanto calçava os tênis.

Dona Lúcia achou exagero do filho.

"Começo de ano era mesmo assim. Até se acertar, entrar no ritmo do professor, levava tempo".

Lembrou que ela tivera problemas seríssimos com a professora de Inglês, quando tinha a idade do filho. Ela era chata, dava músicas chatas, um monte de regras gramaticais mais chatas ainda. Quase repetira de ano por causa dela. Recebera nota dois no primeiro bimestre, três no segundo. Aí, de raiva, resolvera que tiraria a cisma da matéria, que chegara a odiar mortalmente. Decidira entrar num curso de Inglês. A mãe não podia pagar, mas a madrinha, pessoa sensível, sem filhos e bem abastada, a presenteara com o curso. Surpresa! Adivinha quem era a professora no tal curso de Inglês? Tieko, a mesma da escola. Só que no curso ela era, por incrível que pareça, mais atenciosa. Contava piadas, usava músicas dos Beatles, dos Rolling Stones. Como é que podia? Bem, descobrira que ela mesma, também, estava mais atenciosa, prestava mais atenção e estudava mais. A professora não era tão solitária assim como espalhara para as colegas (ela tinha um namorado viúvo, descobrira!) e nem tão mal-humorada. Conseguira recuperar o terceiro e tirara um dez no quarto bimestre. Tivera outros problemas também, outros professores, lembrava perfeitamente de cada um deles. Mas eles cumpriam o papel: ensinavam e cobravam as matérias ensinadas. O papel dos alunos era estudar. E em sua maioria, reclamavam. Já conhecia a toada. Enquanto Davi reclamava do professor de Geografia, foi recolhendo o material do menino e enfiando na mochila antes que perdessem a hora que ela chegasse atrasada ao Fórum.

– Sabe, tive problemas com minha professora de Inglês... – Contou um pouco a sua história como aluna também. E enquanto dirigia até a casa do Franja, amigo de Davi, falou sobre sua própria experiência e como, olhando para trás, podia concluir que fora precipitada, imatura e exigente demais com a professora Tieko. Lúcia sentiu, nesse breve relato que fizera, o coração encher-se de ternura a respeito da professora. Não esperava, no entanto, que o filho tivesse a mesma atitude, mas que seu coração tivesse menos rancor.

– Na volta, a mãe do Pestana vai deixar a gente no futebol, mãe.

Mania desses meninos de se referirem aos amigos por apelidos. "Franja", "Pestana", "Joca". "Joca" ainda era passável.

– Eu vou ficar na casa da Camila, mãe – Juliana contou. – Temos de ensaiar uma peça pra semana que vem. – Você me pega lá pelas nove e meia, dez?

– Pego, sim – a mãe respondeu. – Espero que a mãe do Franja traga vocês amanhã... Já dei carona para o Franja cinco vezes na semana passada. Nossa, estou atrasada pra caramba! – dona Lúcia estava preocupada. – Tenho três despejos pra fazer hoje. E um bem longe do outro. Seu pai está no "Vale". Chega só de noite.

Juliana sentiu pena do pai. A "Clínica do Vale" era longe. O pai trabalhava lá duas vezes por semana. Já tinha ido ao "Vale" uma vez. Era um hospital psiquiátrico, no pé de uma montanha. Demorava tanto pra chegar! Davi ficou preocupado com a mãe.

– Você vai em algum bairro perigoso, mãe?

– Um deles é, sim. Mas espero resolver tudo da melhor maneira possível, filho – a mãe suspirou.

Por mais que a mãe explicasse as razões de um despejo, Davi às vezes ficava pensando para onde essas pessoas iam. Alguns eram malandros que não pagavam mesmo o aluguel, alugavam para terceiros, entre outras coisas. Mas tinha pena assim mesmo. E também ficava preocupado com a mãe. Uma vez ela sofrera até ameaça de morte. De uma outra, fora acusada de tentativa de suborno. Tudo esclarecido para o bem geral da nação.

Dona Lúcia buzinou em frente ao prédio do Franja. Por sorte ficava no caminho.

O menino já estava pronto há um tempão.

– Atrasamos, Franja. Culpa do Davi! – dona Lúcia deu um sorriso.

– Culpa daquela praga do professor de Geografia – Davi se acomodou atrás do banco da mãe para dar lugar ao amigo, a cara ainda enfezada.

– É, eu passei a noite fazendo aquele monte de lição. E agora, prova! Estamos ferrados, dona Lúcia! Esse homem quer matar a gente, isso sim!

Mais uma sessão de queixas e estariam na escola.

Foi só encostar o carro no portão do Integrado, que o sinal tocou.

– Vamos, andem! Vão perder a prova. Boa prova, vão com Deus! – ela acenou.

Juliana armou um bico e voltou até a porta do carro.

– E eu? Você não me deseja nada? – reclamou.

– Boa prova, filha!

– Eu não tenho prova! – E com uma risada bem alta, virou as costas e subiu a escadaria do colégio.

Mãe para o trabalho, filhos entregues.

Davi e Franja correram para a classe. Por sorte a primeira aula era a da Jô, professora de Matemática.

Os alunos entraram na sala.

Jô entrou em seguida. Falou um “Boa tarde, gente”... E começou a chamada.

Deu uma série de exercícios, explicando detalhadamente as operações e os cálculos. Chamou alguns alunos à lousa, fez brincadeiras, contou piadas.

Ciça levantou o braço.

– Jô, eu ainda tenho dúvidas!

Era assim que as classes a chamavam. Pelo apelido mesmo.

– Sabe, gente, resolvi instalar um "plantão de dúvidas" às sextas-feiras de manhã. Que tal?

– Como assim: plantão? – Beleza quis saber.

"Beleza. Ela era uma graça, mesmo. Por isso haviam colocado esse apelido nela. O nome era Sidneia. Beleza era bem melhor. Ela até gostava!", Davi ficou olhando aquela gracinha por quem todos babavam, principalmente ele, Franja, Pestana, Joca, e mais quinhentos alunos do turno da tarde.

– Um plantão de dúvidas. Falei com a Lurdinha, a orientadora, e ela achou bom. Tem dúvidas, vem pra cá na sexta-feira. Das oito às nove e meia. Daí não teremos aquele choro chato: "Professora, mas eu não entendi o que a senhora explicou!".

– Tem de pagar? – Joca quis saber.

– Não, Joca.

– Vai ter plantão de Geografia também? – Davi arriscou.

A classe riu.

– Ninguém viria – Cris torceu o nariz.

– Por quê? – a professora quis saber.

– Porque o professor Gonçalves é um chato! – alguém lá do fundo da classe resmungou.

– É que vocês não o conhecem direito! – Jô começou. – Ele é tão legal na sala dos professores, gente!

– Só se for na sala dos professores. Com a gente é um chato... Pra não dizer outra coisa! – Marcelo reclamou.

Davi se encheu de alegria.

"Tá vendo? Não era só cisma dele. Ninguém gostava do cara. As provas dele eram difíceis pra caramba. Já tinha tido três... E olha que era só o começo do ano!"

– Pessoal, vocês precisam pegar mais leve com os professores... Nós temos uma vida lá fora e, se às vezes exigimos demais de vocês, é porque achamos que são capazes, dão conta do recado. Vocês não sabem nada sobre o Gonçalves, o que ele passou...

– Ele só passou raiva da matéria Geografia, Jô... – Davi resmungou, sendo aplaudido pelos colegas na mesma hora.

– O Gonçalves teve muito problema... – ela continuou, sendo cortada pelo comentário do Franja:

– Problema tem a gente com ele!

– Por que não foi fazer outra coisa na vida? – continuou Joca.

O restante da classe aplaudiu.

Jô decidiu dar o assunto por encerrado... Mas só naquele momento.

– Acho que a implicância com o Gonçalves é exagero de vocês! Aluno sempre cisma com um professor! Há dois anos cismaram comigo... A turma da manhã! – Jô comentou com a classe. – Ninguém pode culpar a gente pelo fracasso na nota de vocês, estão entendendo? Nós ensinamos, explicamos, vocês estudam... ou não... e tiram a nota que merecem. Pensem um pouco sobre isso. Fiquem sabendo que, no ano passado, o Gonçalves foi um dos professores mais elogiados do colégio... E pelos próprios pais de vocês!

– Ah, Jô, você está brincando com a gente, né? – Davi não acreditou.

– Olha aqui, pessoal, ele é uma pessoa mais séria, mas explica bem – decidiu finalizar o assunto.

Assim que a aula acabou, os alunos saíram de seus lugares e foram até o corredor. Era ali que rolava alguma paquera e o pessoal comentava os jogos de futebol.

– Ih, a Fernanda tá vindo! – alguém exclamou.

Corre-corre para dentro da classe.

Fernanda, professora de História.

– Hum, a professora está perua pra caramba! – Cris comentou com Ciça e Gabriela.

– Ela é muito exagerada, né? – Ciça respondeu, dando risada.

Fernanda entrou.

Enquanto ela fazia a chamada, Joca ia fazendo um desenho da professora. Era a sua especialidade. Caricaturas.

Os olhos pretos, pequenos, bem próximos um do outro, o nariz reto, queixo com covinha. Faria uma covinha aumentada, pra ficar mais engraçado. E aumentaria os seios dela. O batom era bem laranja e a boca bem grande. Faria uma bocona.

"Charge, caricatura... Tinha de ser assim! A gente aumenta os defeitos e as qualidades... Mas principalmente os defeitos!", Joca pensava.

– Nossa, tá a maior perua! – Davi comentou baixinho, assim que deu uma olhada no desenho. Ele também sabia fazer caricaturas, mas não tão bem quanto o amigo.

"Apesar das roupas nada-a-ver, ela era legal pra caramba. O repertório de coisa engraçada que ela sabia sobre os bastidores da nossa história era de morrer de rir. Por que o chato do Gonçalves não era igual a ela?", Davi olhava para a página do livro. Getúlio Vargas!

– Professora, como era o Getúlio Vargas? – Beleza quis saber.

– Getúlio tinha um metro e 57 de altura.

– Só isso? – o coro foi uníssono.

– É, o porte não era o de jogador de vôlei.... – ela sorriu. – E ele não gostava de sua altura nem um pouco. Por isso é que os fotógrafos oficiais eram obrigados a usar truques de fotografia para mostrá-lo mais alto do que era. O menino Getúlio foi uma criança de saúde frágil. Imaginem que, aos 2 anos de idade, tomou querosene e quase morreu.

– Puxa, se minha mãe soubesse, ia achar que fui uma santa criança! – Joca, um dos mais bagunceiros da classe, exclamou.

– Ah, uma coisa interessante é que, durante o Estado Novo, Getúlio determinou que as repartições públicas colocassem em suas paredes o seu retrato. Quando foi deposto, em 1945, os quadros deixaram as paredes das repartições. Ao ser reeleito, em 1950, os retratos voltaram a ser pendurados. Isso trouxe inspiração a dois músicos, que criaram uma música que fez o maior sucesso, chamada *Retrato do velho*.

– E ele gostou de ser chamado de velho, professora? – os alunos quiseram saber.

– Não – Fernanda riu. – De jeito nenhum!

– Canta um pedacinho pra gente? – eles pediram.

Fernanda lembrava muito bem da música. Seu avô a cantara muitas vezes. Acabara aprendendo. E ela entoou sorridente a canção.

Os alunos começaram a batucar, animados, achando graça na marchinha. Parecia até música de carnaval.

A aula passava tão rápido! E eles aprendiam bem mais!

– Good afternoon, boys and girls!

"English Class. Tânia e suas multas", Davi mordeu os lábios. "Qual vai ser a minha multa hoje?", pensou.

Na aula da Tânia, se alguém abrisse a boca e falasse em português, seria multado. A multa era pequena: fazer um exercício extra, pegar um livro em inglês na biblioteca, traduzir uma música e, às vezes, até cantá-la, o que não era tão ruim.

Para amolar a professora, traziam palavras difíceis de casa, pedindo ajuda na tradução.

– Teacher, como se diz broca?

– E draga?

– Piolho?

– Arado?

E ela respondia tudo, tudo. Um dicionário ambulante.

As provas eram longas. De duas a três páginas. As correções, sabia-se lá o motivo, eram sempre feitas com caneta rosa.

Zezão, Educação Física.

Era um tal de sair correndo pra trocar de roupa que não acabava mais. Roupa de atividade física amassada dentro da mochila, um banheiro rápido e campão. Se estivesse chovendo, iriam para o ginásio coberto. Acontece que o ginásio coberto tinha horário. Tal dia, tal classe. Tal classe, tal dia.

Salto em distância, corrida, jogos, brincadeiras, duas vezes por semana. E estava muito que bom.

Ah, o intervalo... Também chamado recreio. Iam todos para a cantina, em fila.

– Pão de queijo!

– Com catupiry ou sem?

– Como? Aumentou o preço?

– Pô, esses professores têm uma mordomia, hein? Têm fila especial, só pra eles. Muita moleza pra pouco trabalho. Ih lá vem o Gonçalves. O que será que ele vai comer?

– Sei lá! Deve trazer lanche de casa!

– Será que ele tem mochila?

– Está desembrulhando alguma coisa... Deve ser o lanchinho...

O intervalo voou. Hora de voltar para a classe.

Português, Ana Flávia.

– Cara, um mês de aula e meu caderno é um colódromo! O que ela dá de poesia pra gente colar no caderno e analisar... Está de brincadeira! – Davi comentou com a Ciça.

– Sabe que gosto da aula dela? Principalmente quando fala dos poetas. Sou uma romântica! Mas olha só meu caderno... Todo despencado com essas colagens todas! – A menina mostrou o caderno grosso, capa quase caindo. Davi não era lá muito chegado em poesia. Quanto ao caderno despencado da amiga, concordava. E também gostava das aulas da professora. Era moderna, colocava músicas durante as provas para que analisassem e também ouvissem. Tinha um pouco de tudo. Prestava atenção, tudo bem, brincava, ria das caricaturas do Joca, ria das próprias caricaturas, mandava e recebia bilhetes... Mas na hora do "vamos ver", não brincava em serviço.

– Gente, abram o livro na página 31. Fizeram os exercícios?

– FIZEMOS! – repetiam em coro, de propósito, como o pessoal mais novo sempre fazia.

"Agora vamos à análise de texto!", Davi adivinhou.

– Agora vamos à análise de texto! Página 35. – Ana Flávia continuou.

De Chico Buarque a Chitãozinho, ela mandava analisar tudo. Sem dó. Destrinchava feito frango em piquenique.

Vinte minutos pra aula acabar.

Foi dando aquele friozinho na barriga.

Quinze minutos.

Um lance de extrema coragem:

– Ana Flávia, você deixa a gente estudar Geografia? A prova é na próxima aula! – Davi indagou.

Silêncio. Um suspiro fundo e um “Deixo, vai!” maravilhoso, cheio de compaixão.

Os meninos sentaram em grupos.

– Olha, consegui a prova do ano passado!

– E eu, a do ano retrasado!

– E eu, a prova de uma aluna também do ano passado. Jurei que devolveria. Dizem que ele repete as provas. Dá sempre igual.

– Olha, vamos dar uma olhada nisso tudo aí. A gente só tem onze minutos – Davi conferiu o relógio.

A última olhada nas provas, uma espiada nas anotações nas margens do livro, uma penúltima conferida no caderno.

Sinal.

Aquele era um grande teste pra quem era cardíaco. Bem, não havia nenhum... Mas o que chovia de “branco”, "gastrite", "nervosismo crônico", "tremor de família", "dor de cabeça insuportável", "TPM" não era fácil.

Mudos, cada um em sua carteira esperava a entrada do Gonçalves.

Eis o homem: um metro e setenta e cinco, aproximadamente; cabelos rareando e brancos, uns cinquenta e quebradinhos, uma pinta no canto direito da testa. Nem muito magro nem muito gordo. Uma barriguinha proeminente. Talvez excesso de cerveja. Manco de uma perna – a esquerda. Lábios finos, a testa larga, o nariz reto e grande. Avental cinza, sempre, giz num bolso, apagador no outro. Tem um carro marrom, velho.

– Prova.

Só essa palavra. E começava a distribuição das folhas.

– Duas questões! Esse cara me deixa nervoso! Se eu errar uma, tiro cinco. Se errar as duas, zero. Que bacana! Deixa um monte de opções pra gente! – Davi cochichou pro Pestana.

– Nada parecido com as provas que a gente pegou, cara! – Pestana retrucou, baixinho.

– Tô ralado! Não entendi a pergunta! – Franja pensou em voz alta.

– Alguém tem dúvidas? – Gonçalves perguntou, entre uma tossida e outra.

“Imagina se eu tenho dúvidas nessa prova com duas questões. Pouco difíceis!”, Davi torcia a borracha.

– Não usem corretivo. Erro de português eu desconto na nota!

“Legal esse cara! Quando eu crescer, vou querer ser como ele!”, Davi começou a pensar para responder.

Aquele martírio durou uma eternidade. Principalmente para os que não conseguiam escrever uma linha. Duas perguntas. Usar frente e verso, se necessário. Isso era um crime, um castigo.

À medida que iam “terminando” as duas questões, entregavam as provas.

Lá fora, à espera dos ônibus escolares ou das “mães-pais-rodízios”, os comentários:

– Gente, ouvi falar que ele nem lê as provas inteiras!

– Teve um carinha, no ano retrasado, que escreveu uma receita de bolo numa resposta e tirou CINCO. Acreditam?

– Ouvi falar de um outro que contou a vida dele, o que ele fazia durante a semana, o que pensava dos professores. Tirou DEZ!

– Minha irmã acha que o critério de correção dele é o seguinte: ele joga as provas para o alto; às que caírem no meio da cama, dá dez; às que caírem no canto da cama, sete e meio; no pé da cama, cinco e quatro e meio; para as que caírem longe, três e meio e um e meio.

– Será?

– Pois eu aposto que sim! – Davi colocou um fim na conversa dos amigos, assim que viu a mãe do Pestana encostar o carro.

Iriam para o futebol e se esqueceriam por algum tempo daquele cara chato.

Em casa, já de volta do futebol, suado e com fome, a clássica pergunta:

– E aí, como foi de prova?

– E dá pra saber, mãe?

– Ele teve prova de quê?

O pai, às vezes por passar muito tempo fora de casa, ficava meio alheio às provas, aos nomes dos professores. Davi achava que o pai nem sabia em que ano estudava.

No meio do jantar, uma pergunta – daquelas pra "tirar a cisma".

– Pai, você gostava do seu professor de Geografia?

Rogério pensou, pensou e decidiu que tinha gostado, sim.

– Sabe, eu me lembro tanto dele que parece até que ele está sentado aí, na minha frente – apontou para o filho.

– Espero que ele não esteja no meu colo!

– Ele não era nem gordo nem magro, tinha uma pinta na testa...

– E mancava duma perna? Então o seu é o mesmo que o meu! – o menino arregalou os olhos.

– Impossível! Já na minha época ele tinha uns 50 e poucos anos. A gente chamava-o de "Pascoalzinho Pelanca" porque ele era meio pelancudo embaixo do queixo. Sabe, Davi, ele usava uns ternos muito chiques, de casimira inglesa... Isso era no tempo em que professor ganhava como um juiz. Entrava na classe com um globo, um mapa, uma caixa de giz colorido. Era tudo o que a gente tinha.

– Pai, você não respondeu a minha pergunta. Você gostava dele?

– Agora que o tempo passou, acho que eu gostava mais dele do que eu imaginava.

Lúcia interrompeu a conversa.

– Você foi bem na prova?

– Não sei. A gente nunca sabe.

– Eu gosto da minha professora de Geografia – Juliana afirmou.

– Acontece que não temos o mesmo professor, tá sabendo? Aposto que ainda chama sua professora de "tia"... E depois só aprende bobagens! A Terra é redonda, achatada nos polos. Coisa de bebezinho!

A conversa foi rolando e passou da Geografia para História, Ciências, experiências.

A semana transcorreu meio normal. Meio, porque, pra ser normal, é claro, precisaria não ter o Gonçalves.

O Gonçalves não corrigia as provas nem por um decreto. Demorava quase um mês na correção. Pra quem jogava as provas pro alto, demorava muito.

Não demorou uma semana dessa vez. E o "Boa tarde" foi bastante gelado.

– Boa tarde.

Ele trazia um pacote dentro da caderneta de chamada. AS PROVAS!

– Adriana.

– Presente.

– Cinco.

– André.

– Presente.

– Três e meio.

– Antonio Marcos.

– Aqui.

– Um e meio.

"Era o Pestana, coitado!"

– Cristina.

– Eu!

– Quatro e meio.

– Dalma.

– Presente, professor.

– Três e meio.

– Davi.

– Presente.

– Um e meio.

“Meu Deus do céu! Não podia ser um quatro, um cinco, pelo menos? O que é que eu vou fazer agora?”

O horror continuou.

– Francisco.

“O Franja!”

– Três e meio.

“Puxa, esse cara só fala isso?”

– Gabriela.

– Sim?

– Sete.

“Sortuda!”

– Heraldo Neto.

– Aqui, professor.

– Oito.

“Ah, aí tinha coisa. Esse cara não estava com essa bola toda assim, não!”

– Ionara.

– Eu!

– Dez.

"A Ionara, dez? Ela disse que não tinha escrito quase nada!"

– Joaquim.

"O Joca!"

– Meio.

"Pior que eu, coitado! Esta prova teria caído onde, por sinal? Embaixo da cama?"

– Laura.

– Faltou.

– Maria Aparecida.

– Presente.

– Quatro e meio.

E por aí foi, passando pela Beleza (sete) até chegar ao Wladimir (meio).

Davi levou a prova pra casa, assim como todos os outros, alguns mudos, outros (os que tinham tirado acima de cinco) falantes e bem-humorados.

Em casa, aquela dúvida. Falar ou ficar mudo para sempre? Ficar mudo era sempre uma alternativa interessante.

Davi fechou a porta do quarto. Abriu a mochila, tirou a prova de dentro. Olhou detalhe por detalhe.

"Injustiça abaixar a nota porque escrevi "auto" em vez de "alto". Também uma grande sacanagem abaixar a nota porque escrevi longitude com "j". Ele não leu a prova inteira. ELE NEM AO MENOS PASSOU OS OLHOS!"

Ouviu a mãe chegar. Ouviu o pai chegar também. Resolveu abrir o jogo.

Mostrou a prova aos dois.

A mãe ficou com pena. Ele tinha os olhos marejados. Era o seu primeiro "um e meio". Devia estar doendo.

O pai pegou a prova e foi para a sala. Sentou-se na sua poltrona predileta e leu atentamente...

– Duas questões?

– É, pai. É só o que ele dá.

– Hum.

O que queria dizer aquele "hum" do pai ele não sabia. Podia ser boa coisa como podia não ser.

A mãe não se conformava.

– Isso é um absurdo! É acabar com o aluno! Esse professor está louco! Vou telefonar para uma amiga minha, professora de Geografia da Universidade e perguntar pra ela se essas duas perguntas são para o ano em que você está. Ah, se vou! Esse tipo de pergunta, está ouvindo, Rogério, é pergunta pra aluno de primeiro, segundo ano de faculdade. Onde já se viu?

Dona Lúcia se postou ao telefone por umas duas horas.

Enquanto isso, o "resto da casa" passava fome.

Quando desligou, já tinha uma opinião mais formada do assunto.

– A irmã da minha amiga Otávia foi aluna dele no colégio. Esse professor Gonçalves liquida com todos na prova. Sabia que ele dá aulas na Universidade? Ela disse que, lá, o que se ouve dizer é que seu critério de correção de provas é assim: ele joga as provas para o alto; as que caírem no meio da cama, tiram dez; as que caírem no canto da cama, sete e meio; no pé da cama, cinco e quatro e meio; para as que caírem longe, três e meio e um e meio.

Davi até achou graça, no meio de tanta tristeza.

"Será mesmo que alguém daria notas assim? Impossível!", pensou.

Desânimo total.

– Ânimo, Davi... – o pai tentou animar o menino. – Mostre pra ele que você é melhor que isso. O que tem de mais um "um e meio" na vida da gente? Me lembro do meu primeiro "um e meio"...

"Puxa, o pai tinha tirado (ou recebido) notas baixas um dia. Isso até que servia como consolo!"...

Aquele mês que se seguiu não foi muito fácil pra quem havia tirado uma nota tão baixa em Geografia.

Os alunos passaram a encarar o Gonçalves como um verdadeiro carrasco.

Começaram a prestar mais atenção às aulas do professor. Precisavam resgatar o brio.

– Pô, ele não escreve nada na lousa! Assim não dá! Ele explica rápido demais.

– Tô com cãimbra na mão de tanto escrever!

– Ih, esse cara dá muito texto pra ler... Já não chega aquele livro grosso?

– Vocês já viram a antena de carro que ele usa pra apontar as coisas no mapa?

– E ele coça as costas com ela!

– E se a gente desse uma antena nova pra ele? É, de aniversário! Quem sabe ele desse um ponto de aumento. Aí eu ficaria com dois e meio!

– Gente, calma. O homem não é esse bicho de sete cabeças assim. Puxa, ele faz tanta brincadeira na aula! – a Gabriela comentou.

– É, uma ou outra.

– É, mas só UMA OU OUTRA MESMO!

– Vamos ver a próxima prova.

– Vamos!

Depois das reclamações, sempre se sentiam melhor.

Mais quinze dias de muito estudo, pequisa, nova prova.

Dez dias depois, os resultados chegaram. E eram desastrosos!

A menor nota foi dois, a maior, sete. Portanto, muito mais da metade da classe com nota vermelha no primeiro fechamento de bimestre.

Bilhete de reunião com pais.

– Meu pai vai descer o pau.

– Minha mãe vai chutar o pau da barraca.

– Meu pai disse que estamos pagando caro pra levar bomba!

– Meus pais disseram a mesma coisa!

Ânimos acalmados, alunos para fora da sala de reuniões, familiares lá dentro, com o Gonçalves.

A reunião da mãe do Davi demorou exatamente dez minutos.

Mãe e filho seguiram para o carro. No caminho, a pergunta que não queria calar:

– E aí, mãe? Você falou pra ele que eu rachei de estudar, que eu... – Davi começou.

– Filho, não deu. Ele falou sobre a matéria, sobre vocês... Disse que são bons alunos e que estão apenas assustados com o que ele está ensinando. – Ela desabou no banco do carro. – Eu disse a ele que você tem estudado, está se esforçando... Ele disse que vocês precisam ler os jornais... E eu, honestamente, sei que não leem... – dona Lúcia deu uma risadinha.

– Mãe, você precisava ter ajudado....Será que não me ferrou mais, não? – O filho ficou desapontado.

– O professor me pareceu bem bacana, se quer saber. Disse que a disciplina dele mudou bastante de uns tempos para cá. É mais política, fala sobre a fome nos lugares menos favorecidos. Tem esse jeito mais moderno de...

– Mãe! – Davi interrompeu. – Parece que ficou amiga dele!!!

– E fiquei! Ele deu algumas sugestões... Assinar uma revista de atualidades... O que vou fazer imediatamente! Conversar com você sobre os acontecimentos mundiais... Acho que precisam explorar mais o que ele tem para oferecer durante a aula. Me parece um profissional bastante alinhado, atual! E simpático.

– Alinhado??? Simpático??? – Davi não se conformava. "Era isso que a mãe pensava do Gonçalves???"

Essa foi a opinião geral dos pais do Franja, Pestana, Joca, Cris, Beleza, Ciça...

– É, pessoal... Estudar mais e pronto! – foi a conclusão a que chegaram. – Esse cara conquistou os nossos pais numa reunião! É o fim da picada!

O segundo bimestre começou. Trabalhos, idas e vindas da biblioteca, pausas para o futebol, mais Gonçalves... Além de leituras de jornais e revistas, tudo-muito-chato.

– Já notou como ele repete várias vezes o número de páginas? "Leiam da página 35 até a 61. Trinta e cinco até a sessenta e um. Não quero que respondam o que está no livro. Quero que criem um texto próprio. Nada de cópia. Página 35 até a 61."

– E repete a mesma frase um monte de vezes também!

– Pronto. Chegou o Gonçalves! – Franja correu para a sua carteira.

– Ele está vindo com o cachimbo na boca, de novo! – Pestana comentou, em seguida.

– Me disseram que mesmo tendo parado de fumar, continua com o cachimbo na boca, apagado... Mania, sei lá. Com esse cara não adianta encrencar – Davi suspirou fundo.

– Já notou que ele nem faz concordância? – foi a vez da Cris.

– Concordância, como? – Ciça quis saber.

– Ele fala "menas gente", por exemplo – Gabriela explicou.

– Ah, outro dia ele falou "estrupo". Eu até anotei no caderno! – Joca exclamou.

– Será que você não ouviu errado? – Davi perguntou.

– Eu não.

– Nossa, ele até abaixa a nota da gente por causa dos erros de português! – Davi duvidou.

– Vocês já estudaram para a prova da semana que vem? – Beleza indagou.

– E adianta? – Davi continuava desanimado com aquela matéria.

– O pior é que pode dar prova surpresa, sabiam?

– Nossa, nem me fale! Seria o fim! – as meninas responderam.

O professor Gonçalves entrou, finalmente, na sala. Depois de cumprimentar a todos, fez "Psiu!", pois os alunos continuavam sussurrando.

– Vocês não param de falar, não? – Gonçalves chamou a atenção dos alunos.

– É que a gente tem algumas dúvidas! – Davi limpou a garganta.

– Hum... E quais seriam? – ele olhou bem nos olhos de Davi.

– Há uma meta do governo para assentar mais famílias? É que o senhor falou de assentamentos na semana passada... – Davi quis saber.

– Acontece que, para que a população acredite que o governo está fazendo o maior número de assentamentos possível, ele manipula esses dados, Davi – Gonçalves explicou. – A meta era assentar oitenta mil famílias, mas nem um quinto disso foi feito.

O professor então pendurou na lousa o Mapa do Brasil, as regiões de influência urbana e, com a mesma antena do carro, coçou as costas.

Em seguida, pediu aos alunos que se dividissem em grupos, tirassem uma folha do caderno, escrevessem os nomes e avisou:

– Prova surpresa, em grupo.

Um enorme silêncio caiu sobre a sala. Pânico total.

Daí então colocou uma frase na lousa:

"Tem muita gente sem terra, tem muita terra sem gente"

– Para quem lê os jornais e revistas durante a semana, essa frase estava num cartaz do MST, que foi inspirado nos versos de lavradores de Goiás – explicou.

Depois, a bomba da pergunta naquela voz mansa:

– Pessoal, a luta pela terra no Brasil existe há décadas e já fez várias vítimas entre trabalhadores do campo, religiosos e outros. Escrevam na folha à frente de vocês as principais razões dos conflitos de terra no Brasil:

a) a disputa pelas poucas áreas férteis em nosso território, típico de terras montanhosas;

b) a concentração da propriedade da terra nas mãos de poucos e a ausência de uma reforma agrária efetiva;

c) a divisão excessiva da terra em pequenas propriedades, dificultando o aumento da produção;

d) a perda do valor da terra agrícola por causa do crescimento da industrialização no país;

e) a utilização intensiva de mão de obra permanente, onerando o grande produtor rural.

Davi entrou em pânico. E ele ia lá saber?

Um suspiro, e deixou espaço em branco para a resposta... quem sabe os meninos do grupo soubessem... E esperaram pela segunda pergunta, que devia ser bem pior.

E lá foi o Gonçalves para a lousa, em que escreveu:

"Desigualdade social: como acontece e suas causas."

Davi respirou mais aliviado e cochichou para Beleza, Cris e Franja:

– Minha mãe falou comigo sobre isso ontem... A desigualdade social acontece quando a distribuição de dinheiro é feita de forma diferente, sendo que a maior parte fica nas mãos de poucos... – e passou a responder, na folha, o que havia entendido.

Beleza, Cris e Franja esperaram pela resposta de Davi e deram alguns palpites. Até que não ficou ruim.

Não demorou mais dez minutos e ele colocou uma terceira pergunta na lousa:

– A que categoria, de acordo com a sua influência urbana, pertence a cidade em que vocês moram? Como se apresenta o setor de serviços em sua cidade?

– Pronto. Vocês têm até o final da aula para responder – Gonçalves abriu o jornal e passou a ler os editoriais.

Os meninos cochichavam.

– Ele tá maluco? Três perguntas!!!

– Isso não está no livro!

– Gente, calma... – Cris ponderou. – Vamos colocar a cabeça pra funcionar. Pra que fazer esse... esse terrorismo? As perguntas não são difíceis. Lembra que na semana passada ele falou sobre os serviços terciários? Bancos, médicos, dentistas... Tudo ligado a atividades relacionadas com os serviços.

– Parece que eu anotei umas coisas no caderno – Franja abriu o caderno, procurando as anotações. – Já que a gente pode fazer consulta, vamos aproveitar!

Davi continuou firme na primeira pergunta. Podia escrever mais algumas coisas. Mas, do restante, não se lembrava de nada!

Cris, Franja e Beleza colocaram as ideias pra funcionar e, até o final da aula, as outras duas respostas estavam prontas.

Entregaram a folha para o Gonçalves. O restante dos alunos fez o mesmo.

Todos com o coração na mão, morrendo de medo da futura nota.

– Ufa! Quem sabe a gente tira uma nota legal! – Beleza suspirou.

– Você nem precisa muito... – Davi comentou, olhando para a menina.

– Detesto quando você faz esse tipo de comentário, sabia? Eu não gosto de tirar nota baixa, por isso eu estudo.

Davi ficou sem jeito.

"É, ela tinha razão! Precisava pensar mais no que falava."

– É, levou uma, hein? – Franja e Cris caçoaram do amigo.

A semana passou, outras provas vieram, uma licença de professora, um amigo de braço quebrado... Finalmente o último dia de aula.

Notas entregues, suspiros, uma chateação aqui, uma tristeza ali.

Tinham ido muitíssimo bem na prova em grupo: OITO! Nota histórica. A salvação do bimestre. Somando com aquele um e meio, nove e meio. Dividido por dois, quatro e setenta e cinco, que virava um cinco, se o professor fosse generoso. E Gonçalves havia sido.

– Bem, um cinco de Geografia. Pra quem teve três no bimestre passado, até que progredi – Davi comentou com a mãe, assim que entrou no carro. A prova em grupo me salvou, mãe! Ah, e aquela nossa conversa sobre desigualdade social, lembra?

– Claro que lembro! Melhor coisa que fiz foi assinar uma revista... – dona Lúcia observou. Filho, quem sabe essas férias, que estão aí pertinho, dão uma certa distância e ajudam a diminuir a implicância com o professor de Geografia. É, porque estou achando que é implicância de vocês!

– Mãe, vou te contar uma coisa: o que já rolou de abaixo-assinado pra tirar esse professor do colégio não é mole. Todo ano tem encrenca com ele.

Dona Lúcia não deu muita atenção ao filho. Achou melhor não se envolver muito. Davi precisava se esforçar mais. Era muito reclamão! Não perdia um treino de futebol. Em compensação, estudava o mínimo necessário para não tirar uma nota vermelha!

Férias. Futebol, paquera, cinema, muita tevê, muita rolação na cama, dormindo manhã, tarde e noite.

Na segunda semana, a família foi para a praia. Estava frio, mas foi tão bom sair de casa! O pai era sócio de uma colônia de férias de médicos e, sempre que eram sorteados, viajavam para lá.

Ninguém ia acreditar na coincidência, mas a primeira pessoa que encontrou na praia foi Beleza... Ou melhor, Sidneia!

Na segunda noite na colônia, saíram para tomar um sorvete na cidade. Davi aproveitou para chegar mais perto da menina. Puxa, ela era tão inteligente e tão linda!

– Sabe que gostei da sua resposta na prova de Geografia? – ela disparou.

– Nossa, não acredito que vamos falar disso aqui na praia... – Davi deu risada.

Beleza riu também. E explicou:

– Achava que você ficava entediado... Sem vontade de aprender...

– Sério? – ele se aproximou.

– Hum hum... – Sidneia abriu um sorriso enorme.

– É, acho que tenho me esforçado um pouco mais... – ele sorriu de volta.

– Todos nós, não acha? Ninguém quer repetir de ano!

– Podemos falar de outra coisa? – Davi quis mudar de assunto.

– Claro! Deixa eu ver... – ela fez uma cara pensativa... – O que a gente vai ser quando crescer? – e os dois caíram na risada.

Sim, as férias tinham sido muito boas. E um quase namoro já estava surgindo entre os dois. Não podia ter sido melhor.

"O duro é que depois das férias tem Geografia", Davi pensou, assim que começou a arrumar a mochila para o primeiro dia de aula do terceiro bimestre.

Até que tinha se esquecido do cara. Mas dava pra esquecer que teria a sexta aula com ele, bem na segunda-feira brava? E dava pra ignorar que devia ter lido um livro e assistido ao filme *As Missões*? Tinha esquecido o nome do livro, mas não o do filme. Claro, tudo a ver... Geografia, a missão!

Mais dois dias de folga. Dava para alugar o bendito do filme.

Telefonou para Beleza. Ela já havia assistido. Franja? Também. Pestana? Idem. Joca? Claro. Só ele que ainda não havia visto. É. Ia correr atrás.

Pipoca, caderno para anotar algo que precisasse... E até que gostou do que viu.

Mas o livro!!! *Fome, crime ou escândalo?* Não daria tempo pra ler.

É. Havia comido uma grande bola!

Primeira aula, segunda, terceira, quarta, quinta... Gonçalves!

– Olá. Espero que tenham tido um bom descanso. Eu tive. Quem leu o livro? – ele foi logo perguntando.

Algumas mãos se ergueram.

– Quem assistiu ao filme?

Outras mãos se ergueram. A mão de Davi estava lá. Menos mal.

O garoto mudara de lugar. Estava sentado ao lado de Beleza, de quem emprestava caderno e trocava bilhetes.

Não era um namoro ainda, mas tudo levava a isso.

"Se não fosse Geografia, seria o cara mais feliz do planeta Terra!", Davi pensava.

Fim de mais um bimestre, um esforço sobre-humano e conseguira um quatro e meio.

Beleza era exceção. Mantinha sete desde o primeiro bimestre. O restante da classe também estava abaixo da média. Aliás, todas as turmas estavam como a turma de Davi.

Caravana até a sala da orientadora.

– Quem começa?

– O Pestana. Ele é o mais...

– O mais despachado.

– O Davi fala melhor.

Davi topou. Tudo pelo Gonçalves fora da parada. Tudo por uma Geografia sem traumas.

Lurdinha abriu a porta e pediu que se sentassem.

"Lá vem reclamação!", ela pensou.

– Estamos aqui para falar do Gonçalves – Davi começou. – Lurdinha, ele coloca as questões de um jeito, na lousa... Não há nada no livro que tenha esse conteúdo que ele pede... Nem bem Davi começou a falar e desencadeou, nos amigos, uma série de comentários, tudo ao mesmo tempo.

– Ele desconta se temos erros de português!

– É sem educação!

– Dá muita matéria!

– Pede coisa que nem está no livro!

– Fala muito difícil!

– Passa pilhas de lição no fim de semana!

– Gente, por que vocês não falam com ele? Ele não arranca pedaço nem morde – Lurdinha garantiu.

– Morde! – Franja respondeu.

Os alunos riram. Eram mais de quinze ali, espremidos na mesma sala.

– Vocês querem moleza? Sabiam que ele é o nosso melhor professor? Sabiam que ele é... Ele é...

“Tá vendo?”, Davi pensou. “Ela nem sabe o que dizer dele. Aposto que está segurando um ‘chato’ na ponta da língua”.

– Posso falar com ele, dizer que vocês tem dúvidas, pedir pra que esclareça alguns pontos... Mas suspender lição de fim de semana, dar prova com mais de duas questões, não se irritar com qualquer coisa quando sei que vocês bagunçam a aula inteira... Acho que às vezes vocês agem como crianças. O Gonçalves é... Como posso explicar... Tão bacana, tão humano!

“Pronto”, Davi pensou. “Ele tinha enfeitiçado a orientadora também. Ela e minha mãe!”

Ninguém chegou a um acordo. Os alunos estavam temerosos de “abrir o jogo” com o professor, falar das dificuldades, das provas difíceis, dos descontos nos erros de português. A orientadora achou que seria indelicado fazer uma reclamação. O que ela poderia dizer ao Gonçalves era que os alunos estavam com dificuldades. E só.

Outubro. O homem continuava o mesmo. Uma ou outra piada. Metade da classe morria de rir.

Eles não. Continuavam firmes.

Uma prova e um arraso. Notas terríveis.

Resolveram passar um abaixo-assinado pelas turmas. Eles não estavam pagando? Estavam. Pois então. Ou eles ou o Gonçalves.

Um problema: Beleza não quis assinar!

– Davi, acho o Gonçalves um bom professor. Ele tem lá seus momentos geniosos, mas quem não tem? Eu aprendo tanto na aula dele!

Davi ficou chateado. Mas iam dar andamento no abaixo-assinado. Com ou sem Beleza!

Começaram o abaixo-assinado. O mais importante: sem erros de português. Fizeram no computador do Franja.

O problema é que assim que começaram a recolher as assinaturas, a Lurdinha entrou na classe.

– Gente, vão passando esse boletim pra trás – entregou as folhas. – Peçam que os pais leiam com atenção. É sobre uma excursão às cidades históricas. Conseguimos um preço bem baixo com a agência de turismo do pai de um aluno nosso. Precisamos da resposta até sexta-feira. Iremos na última semana de outubro... Portanto, temos pouco tempo.

– Vai alguém junto? – Ciça perguntou.

– Lógico. Alguns professores.

– Quais? – Pestana e Davi quiseram saber.

– A Jô, a Fernanda, a Tânia, o Zezão, a Branca, a Ana Flávia e eu.

“Oba! O Gonçalves não vai!”, Davi esfregou as mãos.

Não se falou mais em outra coisa na escola. O abaixo-assinado seria adiado por algum tempo.

Dona Lúcia e o doutor Rogério não estavam muito preparados para gastos extras com o filho.

– Ah, Rogério... Cidades históricas. Vai ser tão bom um pouco de cultura pra essa garotada! E depois, são cinco dias, todos em Ouro Preto, incluindo café da manhã, dez refeições, hotel com um preço bem razoável... E os professores vão com eles, monitorando, tomando conta! Veja! Vão ficar em Ouro Preto e dali saem para conhecer Tiradentes, que é pertinho, Mariana, Congonhas e ainda vão visitar a Gruta de Maquiné.

– Eu também quero ir, pai. Só tenho excursão pra museu... – Juliana reclamou.

– E você pensa que nas cidades históricas tem o quê? – Davi riu da irmã.

Ânimos novos na escola... E principalmente malas prontas. Ninguém tinha viajado assim, numa excursão.

“Sidneia vai, olha só que BELEZA!”, Davi estava todo feliz.

– Ainda bem que o chato não vai! Ia estragar tudo! – Franja comentou com Pestana e Davi.

– Se é! – os amigos deram risada, aliviados.

Aqueles dias que antecederam a excursão passaram voando. Só se falava nisso na escola!

A Fernanda, de História, conversou com os alunos sobre a programação. Tiradentes, Mariana, Ouro Preto, Congonhas do Campo. O berço da Inconfidência Mineira.

Ana Flávia, de Português, havia trabalhado com eles um livro da Cecília Meireles, *Romanceiro da Inconfidência*.

Ciça, muito espirituosa, no intervalo de uma aula e outra, recitava o poema "Romance XXIV ou da Bandeira da Inconfidência".

A turma batia palmas e gritava fazendo a maior algazarra.

VIAGEM

MALAS PRONTAS, LUGARES ESCOLHIDOS DENTRO DO ONIBUS. MUITA GENTE QUERIA SENTAR NO FUNDAO, MENINOS PERTO DAS MENINAS, AS MENINAS

MALAS PRONTAS, LUGARES escolhidos dentro do ônibus. Muita gente queria sentar no fundão, meninos perto das meninas, as meninas conversando sobre os meninos, abraços, beijos, despedidas, recomendações dos familiares.

Os dois ônibus autorizados a seguir... Pronto.

Assim que chegaram ao primeiro restaurante de beira de estrada para um banheiro rapidinho e um lanche, a surpresa:

– O que o Gonçalves tá fazendo aqui??? – Davi levou o maior susto.

Lurdinha escutou e tratou de explicar:

– Gente, um dos filhos da professora Tânia ficou doente e ela pediu que ele viesse no lugar dela. Ele está no 301, o ônibus da frente.

"Pronto. A excursão estava comprometida", Davi ficou desanimado. "Ele que fique no canto dele, que eu fico no meu".

Chegaram em Ouro Preto à noitinha. Estavam tão cansados que, depois do jantar, foram direto pro quarto.

– Gente, vou ficar com vocês no quarto, tá? – Gonçalves avisou.

Não! O Gonçalves no quarto com eles, não. Era muito azar.

"Devo ter feito algo muito errado para merecer esse castigo!", Davi pensou.

– Tomara que ele não ronque – Pestana cochichou a Davi.

Antes de dormirem, não puderam conter o riso com o pijama listado de vermelho e amarelo do professor.

– Gente, ganhei esse pijama numa rifa no começo do ano. Não é horroroso?

Era.

– Alguém quer chocolate? – ofereceu aos alunos.

Acharam melhor recusar. Se sentiam meio Judas aceitando chocolate de um quase expulso professor.

Quando já estavam embaixo dos lençóis, ouviram:

– Alguém está com sono? Conheço a dona do restaurante do hotel. Ela faz um pão de queijo delicioso. É só a gente descer.

André e Heraldo toparam.

Davi, Franja, Pestana e Joca ficaram.

– Esses caras são mortos de fome, mesmo. Estão trapaceando com a gente. Foram os primeiros que toparam assinar o abaixo-assinado – Davi não gostou da "traição".

– É mesmo! – Pestana concordou.

– Concordo! – Joca e Franja exclamaram.

– Vamos ligar a tevê... Quem sabe está passando algo legal... Enquanto o sono não vem... – decidiram.

Mas o sono veio e quando o professor e os dois outros alunos voltaram para o quarto, os quatro já estavam dormindo... Claro que mortos de vontade de comer o pão de queijo.

A cidade de Mariana.

Visitas, fotos, brincadeiras sobre o Gonçalves.

– Só por causa de uns pães de queijo de madrugada, esses três já foram comprados – Davi cochichou aos amigos.

Beleza não saía de perto das amigas. Davi, por algum tempo achou que a paquera estivesse indo por água abaixo.

À noite, na cama, ouviram um "psiu":

– Alguém está com fome? – Gonçalves indagou.

André e Heraldo pularam na mesma hora.

– Conheço a dona de um restaurantezinho aqui ao lado... Ela é uma figura. Disse que está esperando a gente com um doce de leite de comer ajoelhado! – o professor segredou.

Dessa vez, Franja topou na mesma hora. Morria por um doce de leite!

"Corrompidos por comida! Até tu, Franja?", Davi pensou na mesma hora, bem irritado com o amigo.

Franja não resistiu mesmo ao doce de leite. Na verdade, à comida nenhuma! Era um comilão e tanto! E o que foi pior: ficou grudado no Gonçalves. Tirou foto dele e tudo.

Davi pensou:

"Franja está riscado da turma!"

A Gruta do Maquiné era o próximo destino. Acordaram ainda no escuro, tomaram um café bem reforçado e partiram para a Gruta.

Apesar do calor no ônibus e da distância de duzentos quilômetros, os ônibus seguiam com a galera animada. Davi tinha conseguido sentar-se ao lado de Sidneia. Deram risadas e Davi sentiu que podia arriscar um pouco mais pegando na sua mão. Ela deixou.

– Está gostando da viagem? – Davi quis saber.

– E como! Bem legal! – a menina respondeu. Ela gostava quando Davi chegava perto, a olhava nos olhos e fazia perguntas bobas.

"Quem não gostaria de conhecer esses lugares?", riu.

– Quem está no seu quarto? A Cris, a Ciça e a Gabi?

– Isso, mais a Ana Flávia, de Português. Nossa, ela usa uns bóbis na cabeça à noite! Muito engraçado, cara! – ela contou ao Davi.

– É que você não viu o pijama do Gonçalves!

– Não acredito que ele está no seu quarto!

– Em carne, osso e chatice!

– Ah, eu acho ele legal, você sabe... – Sidneia respondeu.

– Eu sei. É o único defeito que você tem! – Davi mexeu no cabelo lindo da menina mais linda do mundo.

– Podemos mudar de assunto? Você só fala nele!

Era verdade. Davi se desculpou. Além do mais, avistara a placa da Gruta de Maquiné mais adiante... Tinham chegado!

Os salões da gruta deixaram os alunos de queixo caído. Suas formas, lindíssimas, haviam sido esculpidas pelas águas durante milênios.

– Olha ali, aquele cogumelo! – Davi apontou para Beleza. – Não lembra o formato de uma bomba atômica? – comentou, no Salão do Urso.

– É verdade! – a menina respondeu, encantada.

Era tudo muito lindo e mágico, mesmo.

Depois daquele passeio, o almoço no meio da tarde e a volta para Ouro Preto.

No dia seguinte, igrejas de Ouro Preto.

– Não aguento mais ver igreja! – Davi reclamou, à noite, chegando ao hotel.

Estava num tremendo mau humor. Beleza ficara só com as amigas, seus amigos tinham sido comprados por "mais doces", Gonçalves até parecia o "rei da cocada",

o mais popular... Parecia simpático. Mas só podia ser forçado.

O pior! Havia perdido uma das lentes de contato. Já estava com dor no joelho de tanto procurar, agachado, pelo quarto, quando Gonçalves entrou, todo animado:

– Gente, tenho uma amiga que faz a melhor ambrosia que conheço. Só posso levar no máximo quatro de vocês! Vamos dar uma escapulida no táxi de um amigo meu... Eu o reencontrei hoje cedo... Cara legal pra caramba! O carro é pequeno, não cabe muita gente – Gonçalves explicou.

– Opa! Perdemos alguma coisa aqui? – perguntou ao ver o aluno de joelhos, no chão.

– Minha lente de contato – Davi respondeu.

– O doce pode esperar. Vamos lá ajudar, pessoal... – tirou de dentro da mala uma lanterna e, ajoelhado, passou a iluminar o chão do quarto.

– Aqui está! É só lavar bem, Davi – entregou a lente ao aluno.

– Obrigado! – Davi agradeceu, tímido.

"Bem, se não fosse o Gonçalves e essa sua lanterna, ia me dar mal!", pensou, sem jeito.

– Posso ir junto comer a ambrosia, professor? – Pestana pediu.

– Vamos lá! – Gonçalves exclamou, animado.

"Dessa vez, mais um amigo traído pelo estômago!", Davi pensou.

"Cara ingrato!"

Davi desceu ao saguão do hotel. Procurou pelas amigas... Mas as meninas da classe haviam saído com a professora Tânia para tomar um sorvete. Sidneia tinha ido junto.

Voltou para o quarto. Ligou a tevê e acabou pegando no sono.

Na volta, os meninos entraram animados no quarto. Pestana contou:

– Gente, o cara entende de tudo. Sabem o que significa ambrosia? Vem do grego, e quer dizer "manjar dos deuses do Olimpo". Dizem que era um doce tão divino que tinha o poder de curar e até ressuscitar pessoas. Dizem que, ao colocá-lo na boca, sentiam uma felicidade enorme! Foi o que senti ao comer a ambrosia da dona Cotinha, que tem uma loja só de doces mineiros e portugueses.

– Ah, o Gonçalves também explicou que se semideuses o comessem em excesso, explodiam em chamas! – Franja acrescentou. – Eu vou explodir de tanto que comi! – e os dois caíram na risada.

André e Heraldo tinham doce até em suas camisetas. E concordavam: o professor era bem legal. Tinham rachado de rir de suas piadas.

– Ele podia ser assim na classe, não acham? – Davi ficou irritado.

Gonçalves entrou no quarto e Davi encerrou o comentário.

André puxou conversa com o professor.

– Professor, tinha um doce lá na dona Piedade... Travesseiro de Sintra. Quase pedi para experimentar!

– Também fiquei com vontade... – os outros meninos confessaram, dando risada.

– Pois devia. Dona Piedade é portuguesa e faz doces como ninguém. Esses são chamados "conventuais" – Gonçalves sentou na beirada da cama, cachimbo apagado na boca.

Davi ficou com vontade de perguntar o que seria aquele "conventual", mas ficou quieto.

– E o que é "conventual"? – os meninos ficaram curiosos.

Gonçalves deu risada. Gostava quando os adolescentes saíam de suas cascas e arriscavam perguntar, tirar as dúvidas.

– Portugal foi um grande produtor de ovos. Entre os séculos XVII e XIX, eles exportavam as claras, que eram usadas para purificar o vinho branco e também para engomar as roupas.

– Acho que estou entendendo... Sobravam muitas gemas! – exclamou Davi, sem querer, e meio interessado na resposta do professor.

– Isso mesmo!

– E eles faziam os doces com elas? – Heraldo quis saber.

– Não. As gemas iam para o lixo, ou então serviam de alimento para os animais. Mas, com a chegada do açúcar, que vinha em grande quantidade das colônias portuguesas, deram um novo destino a elas: doces com gemas e açúcar. Quando Portugal decretou o fim das Ordens Religiosas, as freiras e os monges precisavam encontrar um meio de se sustentar.

– Daí então o nome "conventual"? – os meninos finalmente entenderam seu significado.

– E como filho de portugueses, posso dar uma explicação aqui e ali... – ele ofereceu "travesseiros de Sintra" aos meninos.

– O senhor comprou lá na dona Piedade??? – os alunos arregalaram os olhos.

– Um para cada um. E um pra mim, lógico! – deu risada.

Davi não teve como não aceitar.

"Não gosto muito de ovo!", pensou.

E depois de escovar os dentes, virou para o canto, enquanto os amigos continuavam a conversa com o Gonçalves.

“Meus amigos estão mudando de time e Sidneia sumiu! Espero que amanhã seja um dia melhor”, acabou pegando no sono.

Levantaram cedo. Congonhas do Campo os esperava.

A professora Fernanda explicou as obras de Aleijadinho, uma a uma. Era tudo muito bonito.

“Será que o tempo não vai estragar tudo isso?”, Davi pensou, enquanto admirava aquele espetáculo todo.

À noite, subiram para o quarto para um descanso, antes do jantar. Lá estava o Gonçalves, sorrindo, com algumas esculturas nos braços.

– Tenho um amigo escultor na cidade. Ele me deu essas pequenas esculturas, que compartilho com vocês. São feitas em pedra-sabão – ofereceu aos alunos.

– Puxa, obrigado, professor! – eles responderam.

“Grande coisa!”, Davi esboçou um sorriso. Não ia ser comprado por uma escultura boba feita em pedra sabia lá o quê.

Na madrugada, uma surpresa:

– Gente, vocês não vão acreditar... O *chef* desse hotel é meu parente! Primo em segundo grau. Grande coincidência! Vamos descer pra comer um tutu à mineira... Só nós, aqui... Já pensaram que legal?

Dessa vez, Davi topou. Não dava para resistir!

E lá foi o "grupo do Gonçalves" para a cozinha do hotel, pé ante pé.

– Esse cara conhece todo mundo aqui ou está de brincadeira com a gente? – perguntou ao Pestana.

– Você não ia querer perder essa boquinha, ia? – Pestana e Franja foram correndo à frente.

Não, não ia. Mas não ia também se derreter em sorrisos por causa de um tutu do primo em segundo grau.

Enquanto comia aquele que considerou o melhor tutu de sua vida, pensou:

"O que virá em Tiradentes? Um outro primo chefe, uma amiga cozinheira, um amigo escritor?", pensou. "Esse cara pega todo mundo, menos eu", Davi olhava para o Gonçalves, desconfiado.

Pestana e Franja limparam a garganta e esboçaram um agradecimento.

– Valeu, professor Gonçalves. Sem o senhor, nossa viagem não teria sido tão bacana!

– É mesmo! – Concordaram Joca, André e Heraldo.

Também agradeceram ao chefe de cozinha, que tinha feito de tudo para agradá-los.

Voltaram para o quarto, dando risada dos momentos engraçados na cozinha, em que um e outro se arriscaram a ajudar o chefe com o tutu.

Gonçalves, metido em seu pijama de listras, despediu-se dos meninos e roncou loucamente por toda a noite.

Manhã seguinte, Tiradentes.

Todo mundo no ônibus, aquele sono, mau humor de acordar cedo, sem tempo para uma esticada a mais na cama.

A cidade, pequena, era bem preservada. Por sorte, tinham sido prevenidos para usar calçados confortáveis... Ali era tudo em pedra pé de moleque.

Primeiro, visitaram a Igreja Matriz de Santo Antônio. Depois, seguiram até a casa de Padre Toledo.

A professora Fernanda e os outros professores foram à frente. Todos ouviam a explicação da professora. Alguns alunos, no entanto, conversavam e se distraíam com as meninas.

– Silêncio, pessoal! – ela pediu. – Esta casa era propriedade do inconfidente padre Carlos Correia de Toledo e Melo, mais conhecido por Padre Toledo. Aos 59 anos foi preso, sob acusação de conspirar contra o rei. Foi expatriado para Lisboa, em Portugal, onde veio a falecer. Esta casa, construída no século XVIII, tem fundações de pedra e paredes de moledo. Vejam a pedra-sabão das soleiras, vergas e ombreiras das janelas, que beleza! – ela ia apontando. – Era aqui que os inconfidentes se encontravam... Por falta de espaço na cadeia, em Vila Rica, atual Ouro Preto, alguns inconfidentes ficaram aqui, presos... – explicou.

Davi e seus amigos olharam atentamente as paredes e os poucos móveis da casa do padre.

"Quanta história dentro dessas paredes!", Davi pensou.

Saíram.

Davi não soube o motivo, mas olhou para trás da fila de alunos na rua de pedra. O professor Gonçalves tinha voltado para dentro da casa.

"Vai ver, esqueceu alguma coisa!"

Andou um pouco mais e olhou para trás. Nada.

A turma havia parado em frente a uma loja. Três professores sentaram-se na calçada, uma professora amarrava o tênis, enquanto os outros dois conversavam.

"Não tem como se perder aqui... A cidade é pequena!", decidiu voltar. "De repente passou mal, sei lá..."

Entrou na casa do padre. Deu alguns passos... Ouviu um soluço.

"Mais parece um lamento!", pensou. Aproximou-se do outro cômodo e espiou. Era o professor Gonçalves! Estava sentado num banco, com as mãos na cabeça, chorando muito. Mas por que raios ele estaria chorando ali, naquele lugar? Será que havia acontecido algo?", pensou em ir até ali e perguntar se podia ajudar em alguma coisa. Ficou atrás da parede, esperando um pouco, pensando no que fazer, até que o choro diminuiu.

"Melhor voltar antes que me veja aqui!", concluiu, caminhando depressa para junto do grupo, espalhado a poucos metros da casa.

Estavam todos no mesmo local, alguns alunos ainda nas lojas, outros nas calçadas, alguns professores descansando no meio-fio. Teve tempo de ouvir a Lurdinha comentando com a Fernanda:

– É, o Gonçalves voltou para a casa do padre... Toda vez que ele vem pra cá é assim... Já tinha ouvido falar. Ele se emociona. Sabe como é, ele também foi preso... Preso político... Tanta coisa vem à mente...

"Preso político! O Gonçalves havia sido preso político? O que mesmo significava aquilo? O golpe de 64?", sentou-se ao lado dos professores para ouvir um pouco mais da conversa.

– Soube que uma vez ele desabafou com o Zezão (Educação Física) sobre as torturas que sofreu no DOPS. Professores de Geografia e História que se manifestavam contra o regime militar eram considerados subversivos – Fernanda continuou. – O diretor da faculdade em que Gonçalves tinha acabado de ingressar enviava relatórios mensais das atividades dos docentes, que eram analisados pelos repressores.

– É, época terrível! Lembranças ruins... Ele me disse também que, para dar aula, costumava levar os alunos a um jardim, com a desculpa que a sala estava quente... Assim, evitava a gravação do que explicava aos alunos.

– Deus do céu! Quanta barbaridade! – Fernanda exclamou. – E por que ele foi levado ao DOPS?

– Um pai de aluno, tenente-coronel, o denunciou. Parece que Gonçalves deu algumas explicações sobre a Revolução dos Cravos, ocorrida em Portugal, comentando que Portugal vivia numa ditadura naquela época... Ele também participou de um Congresso Estudantil, daí para o quartel e para o DOPS não precisou muito – Lurdinha suspirou. – Soube que antes do DOPS o levaram a uma fazenda abandonada, onde ficou dias sem comer ou beber água... Foi lá que apanhou. Queriam que delatasse os colegas, o que liam, onde se reuniam... É por isso que manca de uma perna, coitado!

– Muito triste! Às vezes um colega delatava o outro para se ver livre das agressões!

– Que barbaridade! Nunca ninguém teve coragem de perguntar a ele quanto tempo ficou depois no DOPS. Sei que um colega morreu, outro até hoje não foi encontrado.

Davi engoliu seco.

"Que pedaço da História era aquele que havia pulado? Ninguém ensinava nada sobre isso! Coitado do professor! Devia estar lembrando das torturas pelas quais passou! Por isso mancava de uma perna! Espera aí...", Davi levantou-se da calçada. "Isso não é motivo pra eu ter pena dele e achar que as provas são boas e que ele é um cara legal"...

Mas dentro do peito, algo havia mexido com ele... O choro sentido, lamento que brotava do fundo do peito. Tinha sido doído pra ele ver alguém sofrer daquela forma!

– Vamos lá, pessoal... Olha o professor Gonçalves aí... Vambora para nosso passeio a pé! – alguém avisou.

"Será que o cara é tão mau assim?", pensou, enquanto caminhava naquela rua tão cheia de segredos dos inconfidentes.

Olhou o Gonçalves de soslaio. Lá estava ele, sem um sinal de choro, mancando da perna esquerda, cara fechada de novo.

Não, não ia mudar de opinião. Sabia que os seus amigos já tinham "aberto a guarda". Ele, não. Era duro na queda.

Duas horas depois, o retorno a Ouro Preto.

Ficou calado durante o jantar. Nem se preocupou muito com a distância de Sidneia, envolvida em altos papos com as amigas da classe, ou com os amigos de sempre, Joca, Pestana, Franja.

Ainda naquela noite, resistiu ao convite de um "feijão tropeiro no bar de um amigo do Gonçalves que ficava logo ali, no beco da curva".

Achou que sabia o que estava fazendo. Ficou sozinho no quarto, pensando, pensando... Inconfidentes, ditadura, DOPS...

"Preciso perguntar aos meus pais o que foi o DOPS... Não é possível que se saiba tão pouco sobre esses anos de ditadura", e acabou adormecendo.

No café da manhã, a maior bagunça. Até os professores riam alto.

Gonçalves continuava na dele, caladão.

Ouro Preto. Patrimônio Histórico da Humanidade. Após a terceira igreja visitada, enfim a Matriz Nossa Senhora do Pilar, Beleza sentou-se ao lado de Davi.

– Quatrocentos quilos de ouro num só lugar! Não é uma coisa inacreditável? – colocou sua mão sobre a mão do garoto.

– Maravilha de lugar. Nunca vi nada igual – apertou a mão da menina.

Davi sentiu um arrepio no coração. Gostava da Sid. Ele estava diferente. Não sabia o que era. E o pior! Não conseguia tirar o olho do Gonçalves, quieto, em pé, perto de uma pilastra. Era impressão ou ele estava triste?

A professora Fernanda não parava de dar explicações:

– O projeto da capela é atribuído ao engenheiro Pedro Gomes Chaves Xavier, sendo que o traçado segue o modelo barroco tradicional em Minas Gerais... Uma das peculiaridades desta igreja é a transposição da porta de entrada, um recurso utilizado para causar "uma sensação de surpresa e encanto"... – ela seguia, apontando, em voz baixa.

– Gente, vocês não estão com fome? – Pestana cutucou Davi e Sidneia.

– Já morri cinco vezes de fome hoje! – Davi deu risada. Sidneia concordava. Comeria até pedra pé de moleque!

Na saída da Matriz, Lurdinha perguntou aos alunos:

– Vamos para o restaurante, turma? Parece que está todo mundo esfomeado por aqui!

E como!

Por um bom tempo, Davi se esqueceu do Gonçalves, da Casa do Padre Toledo, do Golpe de 64, da ditadura, que nem bem sabia do que se tratava, tão distante estava.

O ano era outro, outras as épocas.

Conseguiu sentar junto aos amigos. Conseguiu conversar com Beleza.

E depois de um belo doce de leite, um beijo melado, gostoso, regado a uma chuva fina e inesperada.

Após aquela comida mineira boa, os museus.

O último dia fechado com chave de ouro e um sorvete à noite.

– Quer ser minha namorada? – Davi perguntou, morrendo de medo de a menina dizer "não".

– Demorou pra pedir... – Sidneia sorriu.

– Beleza! – Davi ficou derretido de tanta emoção.

Estava tudo indo muito bem.

À noite, no quarto, nem se incomodou tanto com o pijama listado do Gonçalves. Ele também não se incomodou com a guerra de travesseiros entre os meninos. E até jogou o seu no meio dos travesseiros que voavam.

Estava um grande silêncio no quarto. Gonçalves tinha acendido a luz do abajur. Todos dormiam, menos Davi e o professor.

– Professor... – Davi tinha algo engasgado no peito.

– Sim? Pode falar!

– Tenho uma pergunta que não é de Geografia... – Davi sentiu um grande arrependimento com a pergunta que ia fazer. Mas já havia começado. – O que é... – deu um suspiro e continuou. – DOPS?

Gonçalves suspirou fundo. E pressentiu que algum professor havia comentado sobre sua prisão no tempo da ditadura.

"A curiosidade é sempre um grande trunfo da adolescência!", pensou.

– O termo "DOPS" significa Departamento de Ordem Política e Social. – começou.

– E por que razão foi criado?

– Para manter o controle do cidadão e vigiar as manifestações políticas na ditadura, Davi. Isso aconteceu após o golpe militar e foi instaurado pelos militares no Brasil. O DOPS perseguia as atividades intelectuais, sociais, políticas e partidárias que fossem consideradas comunistas.

– Entendi. O senhor era... comunista?

– Não. Mas era comunista para eles, pois sempre quis formar cidadãos, discutindo conteúdos, incentivando o raciocínio. E isso foi o suficiente para que eu fosse preso, espancado e aprisionado longe de minha família.

– Gente, quero dormir! – um dos meninos reclamou.

– Acho que podemos continuar essa nossa conversa um dia, durante a aula – Gonçalves fechou o livro. – Boa noite, Davi.

– Boa... noite, professor.

Davi virou para o lado. Naquela noite, dormiu mal. Virou de um lado para o outro.

"Tenho muita coisa para descobrir na vida!". Acabou pegando no sono.

Manhã seguinte, cedinho, após o café da manhã, os ônibus partiram em direção a São José.

A mesma coisa de sempre... Uns já seguiam cantando, outros contando piada, alguns outros, na paquera.

Davi e Sidneia ficaram por último.

– O cadarço do seu tênis está desamarrado! – alguém avisou Davi.

Parou na entrada do ônibus e abaixou-se para amarrar o tênis.

– Obrigado!

Virou-se para trás para agradecer.

"Puxa, nem percebera que fôra o Gonçalves!"

A voz dele já não incomodava tanto assim.

Antes de entrar no ônibus, virou-se mais uma vez.

O professor, segurando o cachimbo apagado e pelo menos umas duas caixas de bombons, sentia dificuldade em galgar o primeiro degrau do ônibus.

Esticou a mão e segurou as caixas de chocolate para o professor. Percebeu que alguns colegas olharam assustados para ele.

“Ah, faço o que quiser, ajudo quem precisa...”, pensou.

E naquele momento não se importou nem um pingo se seus amigos olhavam espantados para aquele “duro na queda”, “incansável perseguidor de um professor de Geografia”, que tinha iniciado um abaixo-assinado pra colocar o professor pra fora. Não se importava também por não ter ouvido um “obrigado, Davi”.

Descobriu que os olhos também sabiam falar, agradecer.

A viagem de volta foi tranquila. Todo mundo cansado, tirando cochilo.

– Nossa, Davi, parece que ficou um tempão fora de casa! – Os pais o receberam com saudade. – Senta aqui e conta tudo! – pediram.

Contou. Mas não tudo-tudo. Nada falou sobre o Gonçalves. Nem sobre Beleza. Ainda não.

Mas passou a disparar perguntas sobre a ditadura, sobre o golpe, sobre presos políticos, tanto para o pai como para a mãe.

– Nossa, Davi... parece que você voltou diferente! – os pais perceberam.

Era verdade.

“A viagem serviu para acertar algumas outras coisinhas também!”, Davi pensou, com um brilho nos olhos.

Novembro seguiu como sempre. Estudo, namorinho, amigos, saídas, cinema, prova, festinhas, trabalhos, pesquisas, Beleza.

Notas boas em quase tudo. Recuperação em uma disciplina. Não precisa dizer que foi em Geografia.

A mãe estranhou um pouco aquele filho que havia parado de reclamar do professor. Mesmo tendo ficado de recuperação, ele não perdera o bom humor. O que tinha acontecido com ele?

"Cresceu, é isso!", concluiu.

Davi não comentou nada com a mãe sobre o que havia visto na Casa do Padre Toledo, os comentários das professoras. Podia ter falado, mas não o fez, e nem sabia o motivo. Mais para frente, abriria seu coração. Até aquele momento, ficaria na sua, quieto, pensando em tudo o que vira e como seu coração estava diferente.

"Algumas coisas acontecem para o bem!", sua avó sempre dizia. "Era verdade!" Se passasse ou se ficasse retido, já tinha dentro da gaveta do quarto um presente pra dar ao professor. Na verdade, eram dois: um cachimbo feito à mão, que comprara numa lanchonete na volta da excursão, e uma caricatura do professor, feita por ele mesmo, durante as aulas de Geografia.

Ia dar para ele no dia de ver a nota. Os professores ficavam pelos corredores, atendendo alunos, pais.

É. Havia repensado uma série de coisas. O que leva um professor a ser mais seco? Uma questão de personalidade, talvez? Ou um passado marcado por uma prisão desnecessária, uma delação, a ausência da família nos porões de uma prisão? Não, ele não era uma pessoa ruim. E finalmente tinha enxergado isso.

Na caricatura, sem erros de português, escrevera:

Professor, aqui está um pouco do que faço também.... É isso o que pretendo seguir no futuro. Obrigado pelo toque de mestre ao longo do ano... Vai me seguir ao longo da vida também! Meu abraço, meu agradecimento. Por tudo. Davi.

MEMÓRIA

ELE CHEGOU
EM CASA
EXAUSTO.
"PUXA, PLENO
DEZEMBRO E
ESSE MONTE
DE PROVAS
PRA CORRIGIR
AINDA!",
PENSOU
ENQUANTO
ABRIA A PORTA
DA COZINHA

ELE CHEGOU EM CASA EXAUS-to. "Puxa, pleno dezembro e esse monte de provas pra corrigir ainda!", pensou enquanto abria a porta da cozinha, mal podendo enxergar a maçaneta tantos eram os maços de provas que carregava. "Na minha época de estudante, os exames eram na primeira semana de dezembro..." Suspirou, sorrindo. "Onde é que tinha colocado o pão, a mortadela e o leite, mesmo? Ah, estava no elevador! O sanduíche de mortadela que minha esposa prepara para eu levar na escola é danado de bom!", pensou.

Abriu a porta da cozinha com o auxílio do pé, tirou a chave do carro da boca, colocou as provas e as cadernetas em cima da tampa do fogão e correu até o elevador.

"Mas que coisa! Alguém chamou o elevador! Pra que andar foi o meu leite, o pão e o pacote com a mortadela?", colocou o cachimbo apagado na boca, enquanto abria a porta que dava para a escada de incêndio.

Desceu às pressas, do jeito que pôde. A perna esquerda doía sempre com esforços maiores.

"Presente da juventude!", costumava brincar consigo mesmo.

Explicou a situação para o porteiro, que respondeu dando risada:

– Já pegaram o leite, o pão e o embrulho, professor. Acabaram de interfonar aqui. Estão mandando tudo de volta... aí dentro, no elevador. Aqui estão as suas cartas. Ah, e a conta do condomínio que a sua esposa esqueceu de pegar. Já entreguei mais de quarenta hoje cedo. Só faltava a sua – seu Sebastião entregou um papel para que o professor assinasse.

– A dor nas costas melhorou? – ele quis saber.

– Graças ao senhor, professor. Comprimido bom é aquele, o resto é conversa.

Ainda suando com a descida pela escada, voltou de elevador.

Pronto. Estava lá o bendito pão, o leite do café da manhã do dia e o pacote com a mortadela para o lanche da escola e o de casa. Bem que os meninos podiam trazer na volta da faculdade, mas cabeça de filho só servia pra guardar cabelo mesmo. Toda vez que pedia para o Toni, ele esquecia. Quando pedia à Mara, ela trazia o dobro dos pães. O dinheiro não estava pra se jogar fora e, além do mais, não gostava nem um pingo de pudim de pão com passas. Podia ser coberto de chantili e morango, recheado com musse de chocolate, ter calda de caramelo fria, morna, quente... Da sobra do pão, comeria torrada e até pão duro, menos pudim.

Foi só quando colocou as compras sobre a pia, já de volta ao apartamento, que olhou a correspondência.

"Contas, contas, contas, um convite de casamento, não, dois... Reunião de ex-alunos para o 27º aniversário de formatura da faculdade..."

Sentou na poltrona preferida, tirou os sapatos, as meias, esticou o pé no banquinho. Deu uma mexida no cachimbo. Já havia parado de fumar há tempos, mas não se livrara do hábito de colocá-lo na boca, mesmo apagado.

Olhou o convite demoradamente. Quanto tempo havia passado desde a formatura...

"Oito e Meio, nosso paraninfo...", riu do apelido do mestre. Quanta lembrança, quanta saudade!

Três dias no Hotel Fazenda Barra Linda. Coquetel, discurso, abertura, jantar, cama. Café da manhã, jogos, churrasco à beira da piscina, um joguinho, uma soneca... Noite: discurso do orador da turma, jantar dançante animado pelo conjunto Bossa Nova. Café da manhã, jogos, almoço, filme da turma, despedida.

Parte do dinheiro que juntara para trocar de carro iria para os três dias de hotel. Paciência. Mas ficava tão feliz com o reencontro com os colegas! Seria mesmo difícil se desfazer daquele carro tão bom, econômico, um companheiro!

Ouviu a porta bater.

– Pai, mãe!

– Solta a bolinha, Zeca!

Os filhos e o cachorro.

– Oi, pai, tudo certo?

– Oi, paizão... Cartas das fãs, hein?

– Como foram de escola? E você, seu cachorrão? Por onde você andou?

Zeca sacudiu o rabo.

– Não é escola, pai... É faculdade!... E por sinal, a mesma em que você dá aula. É assim que fala para os seus alunos à noite? – Mara riu, sentando no colo do pai.

– Sai daí, Zeca – Toni puxou o fox paulistinha. – Deixa o papai descansar. – Ele estava comigo, pai... Fomos até a farmácia.

– Muitas contas, pai? – a filha perguntou.

– As de sempre... Com uma novidade: reunião da minha turma de faculdade.

– Oba! – os filhos exclamaram ao mesmo tempo.

– Quando? – Elvira perguntou, entrando pela porta da sala.

– Uma mulher com esse ouvido... Ouvido de mulher é um problema, sabiam? Elas ouvem tudo! – o pai deu risada.

Mara deitou no sofá, jogando o material da faculdade no chão.

– Essa sua barriguinha é charmosa demais! – jogou um beijo ao pai. – Vai fazer o maior sucesso na reunião... – riu.

O pai fez que pegou o beijo. Levantou e foi ajudar Elvira, que empunhava um pacote de provas parecido com o dele.

– Espero que dessa vez você possa ir... – ela falou enquanto se dirigia à cozinha.

– Eu também, pai – o filho foi atrás.

Enquanto marido e mulher conversavam sobre a reunião, os filhos remexiam o armário da cozinha atrás de algo "substancioso".

– Hum, pão fresquinho...

– Vou bater um leite pra mim...

– Bate dois.

– Folgado!

– Olha lá o que a mamãe trouxe.

– Carolinas!

– Ela é uma santa! Amo carolinas recheadas com chocolate.

– Aquele almoço da faculdade anda horrível.

– Horrível é elogio!

– Nada como uma comidinha caseira.

– Ainda bem que as aulas acabam na semana que vem... Só aí vamos passar bem – Toni piscou para a mãe.

O pai olhou o pão.

– Quem vai sair hoje à noite pra trazer mais pão? Vocês acabam de tomar o café da manhã de amanhã!

– Eu tenho de estudar, pai...

– Eu tenho de corrigir provas – Elvira falou enquanto lia o convite.

– Eu vou, pai – Toni respondeu.

Risos.

O jantar sempre acabava com uns ataques ao pão, um cafezinho e as carolinas que Elvira trazia da padaria do Nico.

A conversa durou até tarde da noite. Quem seriam os colegas que iriam ao encontro da turma? Era sempre uma surpresa.

– Vai ser meio caro... Não estava esperando esse gasto... Mas vai ser bom demais ver aquele pessoal todo de novo! – ele sorriu, animado.

– Vão te achar careca!

– Meio barrigudinho também!

– Ótimo! Não ligo. Tem quem goste – ele olhou para Elvira, que sorriu de volta para o marido.

– Essa barriga tem História, Geografia... – ela pontuou.

– Tudo bem, mãe. Concordo.

– Também acho um charme, pai.

Os filhos eram mesmo muito legais. Saíam, se divertiam, mas passavam um bom tempo junto deles, no maior bate-papo.

Ia confirmar a presença dos filhotes também. Já tinha percebido que queriam ir junto! Eles tinham ido em outras duas reuniões, mas eram ainda pequenos. Nem ia reclamar do preço do "pacote"... Ia valer a pena. Reunião, família junto... Se o hotel permitisse, levaria o Zeca.

– Quando?

– É, pai... Quando?

– Próximo fim de semana.

– Já?

– Já. A carta demorou pra chegar. Provavelmente mandaram para o endereço antigo.

– Podemos ir??? – os filhos perguntaram.

– Só vou se vocês forem! – Gonçalves abriu um sorriso do tamanho do mapa-múndi.

A semana passou rápido.

Não pensava em outra coisa. Corria do colégio para a "escola" das crianças... A faculdade. Chegava em casa bem depois de onze e meia da noite.

A cabeça estava cheia de planos, o coração, de menino passarinho. Não via a hora de encontrar os amigos de faculdade, bater um papão animado, tomar uma cervejinha gelada, deixar a carne no fogo (claro, ia ter um churrasco, como das outras vezes, e ele pilotaria a churrasqueira!), a barriga no sol... Estava um pouco barrigudo, mas quem não estaria depois de vinte e sete anos?

Elvira estava ocupada com as provas, o serviço de casa amontoado, a arrumação da roupa dos filhos: cerzir calças que rasgaram, separar camisetas.

– Você não acha que eles estão bem grandinhos, Vivi?

– Tem razão. Acho que é costume. Tenho certeza que eles vão desarrumar tudo e colocar outras coisas no lugar.

– Deixa que das minhas coisas cuido eu.

– Costurar cuecas e meias? – ela riu.

Olhou o marido com o canto do olho. Não pôde deixar de rir e de "tentar" impedir.

– Você está brincando que vai levar esse pijama listado!?

– Fico um verdadeiro homem-objeto pra você, concorda? Confessa! Sou impossível com esse pijama! – o marido abraçou a esposa.

Ela riu.

A palavra certa para aquele pijama-liquidação era "esdrúxulo". Nada poderia substituí-la.

Voltou para o barbeador e ficou olhando a mulher. Continuava a menina mais bonita do mundo. Cabelos pretos, olhos castanhos, boca bem desenhada, pele clarinha feito boneca de louça. Ah, aquele arrumadinho do Adolfo ia ficar de queixo caído quando visse a Elvira. Eles tinham disputado aquela morena a tapa na faculdade. Com quem ele tinha se casado mesmo? Com a Sônia, irmã da Judith. A Judith era uma graça. Será que ia pra reunião? Ouvira dizer que tinha enviuvado. Ela tinha arrastado um caminhão por ele. Ah, quanta bobagem! Vinte e sete anos de casado e ainda pensava em besteira. Mas que a Judith era uma graça, ah, isso era.

Pleno domingo e ele corrigindo provas. Recuperação.

Foi lendo as respostas enquanto colocava o cachimbo na boca, na diminuta varanda do apartamento, e tomava goles de um café pra lá de frio.

Quanta bobagem numa das respostas! Não ia considerar. O aluno era bom. A classe, enfim, era boa. Um pouco imaturos, não liam muito jornal, ficavam comentando televisão, porcaria de jogos. Sabia que faziam desenhos dele... Contavam piadas a seu respeito, diziam até que falava "menas gente", " intoxicado" sem o som de cs, "estrupo", entre outras baboseiras.

"Tenho uns alunos que... Sei lá, têm algo especial. Sidneia, Ciça, Emerson, Cristina, Franja, Joca, Pestana... O Davi. Tem algo no Davi que me instiga. Ele é um excelente aluno... Mas não tira uma nota boa, do jeito que merece. Por que será?", pensou.

Riu. Um dia o menino ia tirar um notão. Mas não seria a nota que o qualificaria como um bom aluno. Ele era. E pronto. Um dia ia dizer isso a ele. Na oportunidade certa!

Então imaginou-se à beira da piscina rindo com o Caconde (apelido de seu melhor amigo, porque era de Caconde) a respeito de seus professores: o Hugo, que fumava cigarro sem filtro, usava um guarda-pó de linho e comia todos os esses; o Mumu (tinha um olhar de boi perdido no pasto) mudava de assunto e se perdia, viajando... Ninguém aguentava a aula dele, dava o maior sono; o Reitor (na verdade, apelido do professor Oswaldo), do erre puxado, perseguia os alunos com trabalhos, pesquisas. Reprovou todo mundo. Menos ele. Diziam que jogava as provas para o alto. As que caíam em cima da escrivaninha ficavam com sete. As que, por infelicidade, caíam no chão, zero na certa.

Nossa! Estava falando como seus alunos.

Deixou algumas provas para o começo da semana. Teria tempo. Assim que voltasse do hotel ia corrigir as provas daquela classe.

Todo mundo no carro, maior aflição.

– Pai, você está brincando... Sua camisa florida está de doer! – os filhos levaram um susto. O pai se vestia de forma tão tradicional! Aquela camisa não combinava com ele, definitivamente. Até o Zeca latiu, como se estivesse concordando.

– Hum, eu gostei! Parece que a gente está indo pro Havaí.

– Onde você achou essa camisa? – Elvira quis saber.

– Ganhei da minha irmã no Natal do ano retrasado, lembra? Todo mundo riu. Menos eu. Sempre achei que ia usar um dia. Cancún, Havaí, Barbados, Barra Linda, que importa?

– Aí, pai. Senti firmeza.

– E o Zeca?

– Tá aqui, pai. No chão, bem quietinho acaso você resolvesse mudar de ideia.

– Nunca soube de um cachorro numa reunião de vinte e sete anos de formado – Elvira coçou a cabeça.

Zeca latiu, discordando.

Viagem tumultuada. Duas paradas para lanche, uma para apreciar a paisagem, outra para uma sessão de fotos do pai. Estava impagável com bermuda branca, tênis verdes, meias brancas, camisa estampada com hibiscos, boné pra não queimar a careca.

A mãe, mais discreta, estava com calças pretas, camiseta florida, estampa miúda, tênis brancos, bolsa.

Os filhos pareciam gêmeos.

"Essa juventude de hoje compra roupa tudo na mesma loja... ficam iguais!" Mas estava orgulhoso dos filhos. "Eram lindos!"

– A cara do pai e da mãe!

– Quê? – os três perguntaram sem entender nada.

Riu. Estavam chegando.

Contou a última piada antes de sair do carro. Aquela do português e do foguete. Sempre tinha uma nova pra compartilhar.

Estacionou o carro no estacionamento do hotel.

Enquanto descarregava o bagageiro, os filhos saíram correndo até a recepção. Levaram Zeca, que teria um cantinho especial no hotel... Que aceitava cães pequenos!

Não pôde deixar de ver os carros importados de alguns colegas. Tinham lutado por um país mais justo... Tanta ideologia!

Deu o braço para Elvira e apresentaram-se à recepção.

Só ali encontrou pelo menos cinco colegas de classe.

– Vai ter de falar o nome porque só de olhar assim eu não me lembro.

– Pois você não mudou, Caniço.

– E quem disse que eu sou o Caniço? O Caniço é aquele lá que está chegando...

– Mas aquele está... Gordo!

– Pois é!

– Cabeleira... É você, Gonçalves?

– Pode trocar por Careca que eu não ligo... – Gonçalves riu do apelido que tinha entre os colegas da faculdade.

Elvira riu.

Interrompeu a conversa para dizer que ia subir. Tinha as chaves dos dois apartamentos na mão... o trinta e cinco e o trinta e seis... Iam ficar no trinta e seis.

O marido ouviu e fez um "hã hã" entre uma cachimbada e outra.

Tinha sido "Cabeleira" um dia.

– Sinal dos tempos, Tarzan.

Pelo menos o "Tarzan" tinha acertado. Pudera! Estava escrito na camiseta!

Nossa! Quem era aquela beleza que estava chegando?

Tarzan cochichou:

– Deve ser a Judith. Ih, parece que está esticada demais.

– Filha, espera a mamãe!...

Pronto. A Judith era a outra, atrás da filha. A filha era bem mais jovem, claro. Era a mãe, vinte e seis anos mais moça e com a diferença de usar saia curta!

Começou a suar. Quando ficava nervoso, suava de molhar a camisa.

"Será que vai me reconhecer?", pensou.

– Cabeleira! Você não mudou nada! – Judith aproximou-se do colega.

– Essa é minha filha... Esse é o Gonçalves, filha. Fomos... – interrompeu a frase, sem jeito, com a proximidade do marido.

– Fomos e continuamos amigos, certo, Judith? – Gonçalves consertou.

Um pouco de conversa, e decidiu acertar uns detalhes com a recepção. Só depois ia subir para um banho. Então, desceria mais calmo e de banho tomado, para encontrar todo mundo.

Quando subiu, Vivi já estava no chuveiro. Resolveu, mesmo sem o pijama-impossível, espiar a esposa.

– Lelo, você está mesmo impossível! – ela gritou.

Batidas na parede ao lado.

O som estava meio abafado, mas deu pra ouvir os filhos na maior gozação:

– Aí, Lelão, velho de guerra!

"Melhor falar mais baixo!", pensou, enquanto tirava a roupa da mala.

Zeca latiu para o telefone.

O cachorro teria de ir para o canil do hotel. Paciência.

Avisou o cachorro:

– Não deixe de conhecer as meninas lá no canil. Elas sempre se interessam pelos rapazes de fora. Juízo, rapaz!

Zeca abanou o rabo.

Banhos, risadas, roupas no lugar, outra camisa estampada.

– Não sei de onde você desentocou essas camisas-chegueí – a mulher riu.

– Olha o Lelão impossível – os filhos entraram no quarto.

O pai deu risada. Iria assim: calça jeans, camisa estampada, tênis, seu cachimbo.

Vivi estava bem arrumada e os filhos, para variar, com as roupas de um dia qualquer, já que jeans e camiseta eram sempre parecidos. A única diferença é que estavam perfumados.

– O coquetel é às sete, gente. Vamos indo.

– Pai, aproveita, tá?

– É isso aí.

Jovens! Provavelmente já tinham se enturmado com todos os filhos de seus colegas.

– Vai rolar um som no barzinho do hotel, mãe. Não é o máximo?

– Legal, gente!

Gonçalves olhou pela janela. Engraçado, parecia que já tinha visto aquela cena antes, num filme, num sonho, não sabia.

Apertou bem os olhos, afastou as cortinas, olhando de novo.

"Aquela torre! Não sei... Quem sabe amanhã dou um pulo até lá. Terei tempo!", pensou.

Vivi foi até a janela.

– Lelo?

Pronto. Filhos para um lado, pais para o outro. Tudo bem. Tinham juízo. E depois, no entorno do hotel-fazenda, não havia muita coisa... Uma tulha, árvores, a senzala... A cidade mais próxima ficava a uns trinta quilômetros, no mínimo.

Desceram juntos. O Zeca, direto para o canil. Ele e Vivi, para o coquetel de abertura.

Sentaram-se bem à frente. Ainda teve um tempinho para uma conversa com o Feijão. Feijão porque ele ajudava seu pai na feira vendendo feijão. O apelido pegara.

Silêncio. O discurso começava.

Caniço, agora mais roliço, desencavara o discurso original, pronunciado no dia da colação de grau.

Sentiu saudade e voltou no tempo.

Levou um cutucão da Vivi. Será que cochilara? Já estava na hora do coquetel? Como? O discurso tinha acabado?

Dos sessenta alunos da classe, trinta e cinco estavam presentes. A quantidade não importava, a qualidade, sim. Sentia falta de alguns com quem morou, principalmente do Pato. O Pato era um amigão. E era engraçado, puxa, se era! Ficava estudando o tempo todo com uma antena para coçar as costas. De vez em quando, apontava pra ele e fazia "Bam!", como se estivesse atirando. Pena. Esse, infelizmente, não voltaria mais. Coisas da ditadura.

O jantar foi movimentado. Vivi estava completamente à vontade. Também, fizera História no mesmo período... Conhecera quase todos os seus amigos.

Já havia conversado com um, rira com outro, espiara Judith com o canto do olho e contara quase um terço do seu repertório de piadas.

– Toca o violão, Cabeleira! – pediu o Caconde.

Saltou um violão sabia-se lá de onde.

Vivi ficou envaidecida pelo marido, que, mancando ligeiramente da perna esquerda, depositou o cachimbo ao lado e ajeitou-se num banquinho para tocar o violão.

Ficara muito tempo sem tocar. Precisava treinar mais.

– Toca "Roda-Viva".

– Agora toca "Pra não dizer que não falei de flores"!

Tocou, embalado pelo coro dos amigos:

"Caminhando e cantando
E seguindo a canção."

Elisa, a mulher do Caniço, cantou junto.

– Que lindo! – Elvira abraçou o marido, emocionada.

Ele também estava. Mas conseguiu segurar!

Lá pelas tantas, conversaram sobre as atividades que exerciam. Um trabalhava num banco, tinha mudado de profissão, outro era pró-reitor de faculdade, outro, editor numa revista, outro ainda, pesquisador. Mas a maioria, professor.

– Tenho uns alunos que trabalham durante o dia e vão para a faculdade à noite. São meus melhores alunos! Dão valor, lutam, não bagunçam...

– Gosto dos meus alunos também... Estive há algum tempo numa excursão às cidades históricas. Fiquei com uma turminha no mesmo quarto. Saímos para comer, demos risada... Até guerra de travesseiro teve... – Gonçalves contou para os amigos.

Caniço contou que socorrera uma aluna dias antes. Tinha sido atropelada em frente à escola.

– Levei a menina até o pronto-socorro e esperei que os pais chegassem. Pais separados, chegaram brigando, um caos. Eu nem sabia o que dizer! Eu estava preocupado com a Lívia e os pais se culpando... Muito chato – ele confidenciou.

Mais alguns comentários, desabafos... O salário do professor continuava baixo, mas gostavam do que faziam.

– Lecionar é, além de uma paixão, uma arte! – Gonçalves exclamou. – Não sou lá muito dado a falação, mas procuro fazer com que meus alunos entendam o mundo... E não se conformem com as coisas do jeito que estão. Quero que o transformem num lugar melhor, mais justo! – finalizou.

Os amigos concordavam.

"Uma noite de glória!", suspirou ao cair na cama, suado, barriga cheia, sem voz, mas feliz.

Passou mal durante a madrugada. Levantou, foi até o banheiro. Tinha comido muito, bebido umas cervejas a mais. Tomou um sal de frutas. Precisava de ar puro.

O dia estava amanhecendo. Tirou a roupa, entrou no chuveiro. Olhou pela janela do banheiro. Não era possível! Aquela imagem lá, ao longe, era tão conhecida! Precisava verificar de perto!

Depois do banho, colocou uma bermuda e uma camiseta. A perna doía, como sempre. Incomodava.

Ia dar uma volta pelos arredores do hotel. Se a esposa acordasse, iria saber onde estava?

Desceu a escadaria, atravessou o salão de jogos, saiu pela porta grande, pesada, daquele casarão de fazenda transformado em hotel-fazenda.

Resolveu tirar os tênis dos pés. Andar naquela grama lhe daria uma sensação agradável, aquela coisa de voltar a ser criança novamente.

Olhou em volta. Onde estaria?

Caminhou um pouco e descobriu a janela do seu quarto. Dava para uma árvore florida, um ipê branco.

Pegou um atalho e foi andando.

Pronto. Lá estava ela, a igrejinha com a torre alta! Naquele momento, teve certeza! Era ela que via em sonhos, em pesadelos. A cruz, no alto, as paredes caiadas de branco, portas e janelas azul-colonial.

Teve sorte. A porta estava aberta.

Entrou.

Bancos toscos, tijolos do século passado, um altar entalhado, uma cruz.

Sentou-se no primeiro banco e ficou ali por muito tempo (horas, seriam?) a olhar, embevecido.

Chorou.

Ouviu passos.

Não virou para trás para ver quem era. Nada iria quebrar aquele seu momento, aquele seu encontro... Tanta busca, tanta procura... Tanto pesadelo!

Ficara preso num lugar qualquer antes de ser levado ao DOPS. Havia sido levado com uma venda nos olhos, pés e mãos amarrados. Tinha ouvido o comentário, de um de seus algozes, de que estavam numa fazenda... Depois, já liberto da venda, pôde olhar em volta. Parecia que estava numa tulha de uma fazenda bem antiga. A única coisa que via da janela era uma cruz em cima de uma torre. A cruz de uma igrejinha. Ela não ficava longe de onde estava. Devia pertencer à mesma fazenda. Ao lado da torre, via um pé de aleluia, flores amarelas, tronco enorme. A mesma floração que via agora. Essa visão o animou durante muito tempo, nos momentos em que era torturado. Aquela torre com a cruz, a árvore amarela debruçando sobre ela, era sua companheira, sua luz, sua esperança.

Era para ela que dirigia o primeiro olhar da manhã depois de uma noite de medo, pancadaria, gritos, dor.

Passou a mão na perna.

Fechou os olhos e, pela primeira vez depois de muitos anos, orou. Orou pelos seus amigos desaparecidos, mortos, pelos seus familiares e por si mesmo.

Teria sido aquela a igreja? Talvez sim.

O sino tocou. Alguém, ali fora, o tocara.

Levantou e fez um último gesto: apanhou uma flor que caíra à entrada da igrejinha. Foi de volta ao púlpito e trocou o cravo de plástico por aquela flor fresca, nova.

Sentiu-se melhor.

Suspirou fundo e saiu da igreja.

"Não vou até a tulha!", decidiu, resoluto. "Fico com a igreja e o alívio no peito. A tulha, fica lá atrás, enterrada com a ditadura, a delação, a dor...", sentiu-se tão, tão melhor!

Enquanto caminhava por entre as árvores, imaginou o que o esperava: café da manhã com a turma, churrasco, mais músicas do Chico... Dessa vez, ia tocar "Acorda, amor".

Ia ter baile, dança com a esposa, os comentários sobre o paraninfo da turma, o velho de guerra "Oito e Meio"... Apelido que ganhara da turma porque era a nota máxima que dava a eles, seus alunos.

O chato do Antunes, que dizem ter feito a delação, nunca aparecia.

Se viesse, não daria a mínima.

"Águas passadas não movem moinhos", pensou.

Sorriu.

"Vamos falar de nossos alunos mais um pouco, reclamar dos que nada fazem, elogiar os que tentam... A gente também é igual a eles...", riu.

Tarzan já dissera também que professor era tudo igual. Todo mundo sempre falaria mal, aluno idem.

Uns contariam que desistiram da profissão e se tornaram outra coisa. Novos rumos, salários melhores.

Estava contente com a vida que levava. Reclamar para quê?

À noite, depois das brincadeiras e das piadas, iriam exorcizar seus fantasmas: falariam dos desaparecidos.

"Desaparecidos". Estavam é mortos, sempre souberam. Teriam um momento de tristeza.

Sergião mostraria a mão. Continuava tremendo. A esposa diria que tem pesadelos até hoje.

Com certeza lembrariam do "caso do professor".

"Quiseram tirar um professor", lembrava. Tinha corrido até um abaixo-assinado. O cara era horrível. Descobriram depois que não era tão horrível assim. Adivinha quem tinha sido escolhido para paraninfo? Ele! O "Oito e Meio". Foi a maior surpresa para os novatos. Fora esse "Oito e Meio" que escondera o pessoal da UNE na própria casa. Escondera da polícia. Não fora pego por um triz.

Talvez conversasse um pouco mais com a Judith, pra matar a saudade do tempo do namoro bobo.

Teriam um jogo. O pessoal do carteado, da jogatina, não ia perdoar tantas noites passadas sem a turma do truco.

Futebol. Mancava, mas ainda dava pra correr atrás da redonda.

Entrou no hotel. Olhou o relógio: oito e meia. Puxa, mais de duas horas na capelinha. Talvez uma vida inteira!

O café estava começando a ser servido.

Sentou-se e esperou que um rapazinho lhe servisse o café preto.

Engraçado. Ele se parecia com alguém! Bem, todos se pareciam com aquele uniforme de hotel. Mas não. Ele se parecia com um aluno seu, o Davi.

Quando voltasse pra casa iria corrigir as provas daquela turma. Era uma boa classe. Um bom menino, aquele, o Davi.

"Espero que passe de ano!", sorriu, enquanto comia o *croissant* recheado de catupiry. "Se estudou, tira uma boa nota... Quem sabe um oito! Era o máximo que dava mesmo! Ele não precisa mais que isso pra passar", continuou pensando. Ele até que gostava da reputação de bravo que adquirira naqueles anos todos.

"Devem dizer que jogo as provas para um lado, para o outro, como a gente dizia dos nossos professores!" Próximo ano, talvez pegasse as mesmas turmas. Gostava de ir acompanhando a moçada crescer.

Ficou feliz ao saber que teriam outra reunião no ano seguinte. Estavam muito velhos para fazer reuniões a cada cinco anos. Elas precisavam ser mais amiúde. Dessa vez, em São Paulo mesmo, e com uma missa numa igreja dominicana. Se iria? Iria, sim. E choraria de novo, com aquele seu coração de manteiga que Deus havia lhe dado.

– Gonçalves!

Quem seria? Todo mundo o chamava de "Cabeleira"... Menos o...

– Professor...

– "Oito e Meio". Aqui, presente! Em carne, osso e rodas, pessoal! – o paraninfo da turma, no alto de seus 80 anos, tinha comparecido à reunião. – Achou que eu tivesse morrido? Eu não perderia essa festa por nada nesse mundo. Vê? Vim de cadeira de rodas. E olha só, trouxe o desenho que vocês fizeram de mim, lembra? Dei um zero pra classe! – "Oito e Meio" riu até não poder mais.

Lembrava. Tinha sido um aluno danado, desde os tempos do ginásio.

Abraçou o professor.

A festa ia, enfim, realmente começar. A turma estava completa!

AGRADECIMENTO

GONÇALVES
FOI PARA O
COLÉGIO.
CADERNETAS,
PROVAS
CORRIGIDAS,
LANCHE PARA
O INTERVALO
ENTRE AS
CONVERSAS
COM OS PAIS, A
ORIENTADORA E
COORDENADO

GONÇALVES FOI PARA O COLÉ-gio. Cadernetas, provas corrigidas, lanche para o intervalo entre as conversas com os pais, a orientadora e o coordenador.

Fim de ano era sempre igual.

"Mas não este!", sentiu que seria diferente.

À porta da classe, encontrou o aluno Davi.

– Vou pregar as notas no mural aqui fora... Em dez minutos, Davi. – avisou.

– Eu... Eu só queria dar isso ao senhor, professor... – Davi estava meio sem jeito, o coração pulando, as mãos, geladas.

– Puxa, obrigado! – abriu o presente, emocionado. Era tão difícil ser lembrado, ainda mais em época de nota.

– Que bonito, Davi! Gostei muito! – elogiou o cachimbo. – Mesmo tendo parado de fumar, eu os coleciono... – E ao abrir o papel que estava dobrado, junto ao presente, deu risada: – Como você é criativo! Sou eu mesmo! Bela charge, Davi. Sabe, você parece comigo, quando eu tinha a sua idade... Um pouco bagunceiro, mas questionador. E isso é bom! Você terá um belo futuro, viu? Eu não consigo errar!

Davi abriu o sorriso, finalmente. E a única coisa que conseguiu dizer foi:

– Obrigado, professor! Por tudo!

– Você não quer saber sua nota? – Gonçalves estranhou.

– Não, eu vejo depois. Isso não é assim tão importante!

Gonçalves sorriu. Davi tinha entendido tudo na aula, mesmo.

Entrou na classe, satisfeito. Em poucos minutos, pregaria as notas no mural da parede do lado de fora.

E iria para casa. Estava mesmo precisando de férias!

TELMA GUIMARÃES

Fui professora durante muito tempo. E foi nessa época que meu filho mais velho chegou em casa bravo com o professor de Geografia. Ele e seus colegas de classe achavam a disciplina difícil, e o professor muito exigente. Pensei então em como modificar aquela imagem negativa que haviam criado. Descobri numa conversa com os alunos que o professor havia sido preso político. Estava aí um dos motivos para que fosse meio calado. Escrevi então esse texto. Ficção baseada em um professor que podia ser qualquer um de nós, educadores. Minha intenção foi mostrar o nosso lado também. Somos envolvidos e apaixonados pelo que fazemos, conhecemos nossos alunos e acreditamos que vocês vão melhorar o mundo, sempre!

JOZZ

Nasci em Jaú, SP, em 1983. Em São Paulo, cursei Design Gráfico no Mackenzie, fiz pós-graduação em Design Editorial no SENAC e Desenho e Ilustração na Quanta Academia de Artes. Ganhei o Troféu HQMIX como Desenhista Revelação e trabalhei com vários estúdios, editoras e produtoras de cinema de animação. Publiquei seis livros de quadrinhos e um livro de artista. Ilustrar *Um toque de mestre* foi como estar em casa, entre amigos! As questões da vida do professor trazem um tema que me interessa muito e, além disso, tenho um grande carinho pelas cidades antigas de Minas Gerais. Isso, somado à ótima prosa de Telma Guimarães, tornou tudo mais divertido.

Este livro foi composto com a família tipográfica
Chaparral Pro, pela Editora do Brasil, em abril de 2016.